Ecological Nostalgia in Contemporary
American Environmental Literature

美国当代生态文学的怀旧书写研究

马军红 著

图书在版编目（CIP）数据

美国当代生态文学的怀旧书写研究 / 马军红著. -- 北京：华夏出版社有限公司，2022.10
ISBN 978-7-5222-0406-2

Ⅰ．①美⋯ Ⅱ．①马⋯ Ⅲ．①文学研究－美国－现代 Ⅳ．①I712.065

中国版本图书馆CIP数据核字(2022)第161161号

美国当代生态文学的怀旧书写研究

作　　者	马军红
责任编辑	马涛红
责任印制	刘　洋
美术编辑	李媛格
出版发行	华夏出版社有限公司
经　　销	新华书店
印　　刷	北京九州迅驰传媒文化有限公司
装　　订	北京九州迅驰传媒文化有限公司
版　　次	2022年10月北京第1版　2022年10月北京第1次印刷
开　　本	880×1230　1/32
印　　张	7.5
字　　数	150千字
定　　价	56.00元

华夏出版社有限公司　地址：北京市东直门外香河园北里4号　邮编：100028
网址：www.hxph.com.cn　电话：(010)64663331(转)
若发现本版图书有印装质量问题，请与我社营销中心联系调换。

目 录

第一章 引 言 　　　　　　　　　　　　　　　　　　　　　1
  一 研究意义　　　　　　　　　　　　　　　　　　　　1
  二 研究目的　　　　　　　　　　　　　　　　　　　　6
  三 研究框架　　　　　　　　　　　　　　　　　　　　6

第二章 生态批评的四波浪潮与美国生态文学现状　　　　　9
  一 生态批评的四波浪潮　　　　　　　　　　　　　　　9
  二 美国生态文学现状　　　　　　　　　　　　　　　　51

第三章 人类世时代的生态怀旧　　　　　　　　　　　　　75
  一 怀旧的历史与发展：从疾病到情感的内涵转变　　　76
  二 怀旧的主要特质与类型　　　　　　　　　　　　　82
  三 人类世时代生态怀旧的内涵及其政治与伦理意义　　87

第四章 哀婉与挣扎——大卫·增本的桃树挽歌　　　　　95
  一 对物种、传统种植方式和有机社群的怀旧　　　　　97
  二 反对饮食文化的越境与重塑食物伦理　　　　　　　114
  三 "土地的洁净"与"有用无用"之反思　　　　　　120

| 四 | 执行"让大自然掌管"的无为法则 | 132 |
| 五 | 增本的怀旧叙事与移情策略 | 141 |

第五章　悲伤与愤怒——特丽·威廉斯、大盐湖与单乳家族　145

一	对童年风景和家庭风景的怀旧	147
二	对"廉价自然观""技术乌托邦"和"慢暴力"的批评	154
三	以笔为战：为自然和家人发声	170

第六章　依恋与忧伤——司各特·桑德斯和他的多重故乡　176

一	回不去的故乡与记忆中的故乡	177
二	对现代化进程与美国社会的流动性文化的批评	183
三	品尝尘土——扎根脚下的地方观	188

第七章　结　论　196

参考文献　203

致　谢　229

后　记　233

第一章　引　言

一　研究意义

生态问题日益成为21世纪受到社会关注的一个话题：气候变化、森林砍伐、土壤毒化、空气与水资源的污染、海洋的酸化、物种灭亡等等，无一不引发人们的关注。人类面临着前所未有的环境危机，生态文学正是对这种特殊状况的回应。大量的生态文学作品涌现，从最早独树一帜的自然写作到今天多元的生态诗歌、生态小说、生态戏剧，取得了长足的发展，呈现了多体裁的丰富样貌。此外，生态文学在关注的主题和内容上都有拓展，不再局限于对纯自然与荒野的执着，而是意识到了人与自然关系的复杂性、人与自然的交互性和"缠绕"（entanglement）性，故而关注了更广泛的议题：毒性叙事、环境正义叙事、气候叙事、农业叙事、城市自然叙事等。相应地，生态批评研究的视角也愈加广泛，众多学者从深层生态学、物质生态批评、环境正义、人类世与气候变化、生态叙事学等角度，开展了相关研究。然而，从情感视角切入关注的较少，目前系统深入探讨的重要著作仅有亚莉克莎·莫斯纳（Alexa Weik Von Mossner）撰写的专著《情感生态学》(*Affective Ecologies: Empathy, Emotion, and Environmental Narrative*，2017) 以及凯尔·布拉多和詹妮弗·拉迪诺（Kyle Bladow and Jennifer Ladino）编著的《情感生态批评》(*Affective Ecocriticism: Emotion, Embodiment, Environment*，2018)。然而，当代生态文学叙事中的情感表现极其丰富，是值得研究的一个方向。生态文学中的情感有正面的、积极的，也有负面的、消极的。国内现有研究中如有涉及情感的，也多集中于生态文学中的积极情感，专注于像亨利·梭罗（Henry David Thoreau）和威廉·华兹华斯（William Wordsworth）这样的自然写作作家，探讨自然的清新隽永及其疗愈作用。近年来，生态批评研究的物质转向和对环境正义的关注，将目光转向了人和自然交互的区域，因此关注的情感层面也更为丰富和立体。希瑟·豪泽（Heather Houser）在他的著作《当代美国小说中的生态疾病：环境与影响》(*Ecosickness in Contemporary U.S. Fiction: Environment and Affect*，2016) 一书中提出了"叙事情感"这一关键词，选择"不和、厌恶、好奇、焦虑"等情感指标分析了当代美国的生态疾病小说。

目前从怀旧这一情感切入进行生态批评研究的较少，现主要有詹妮弗·拉迪诺（Jennifer Ladino）的专著《重拾怀旧：美国文学中对自然的渴望》(*Reclaiming Nostalgia: Longing for Nature in American Literature*, 2012)，亚莉克莎·莫斯纳的论文"从怀旧的渴望到乡痛的悲伤：人类世时代对爱的认知研究"("From Nostalgic Longing to Solastalgic Distress: A Cognitive Approach to Love in the Anthropocene")、伊肯·奥兹德米尔奇和萨尔玛·莫娜妮(Ekin Gündüz Özdemirci and Salma Monani)的论文"土耳其流行电影中的生态怀旧"("Eco-nostalgia in Popular Turkish Cinema")等。2020年出版的由奥利维亚·安吉和大卫·伯利纳(Olivia Angé & David Berliner)编著的《生态怀旧：生态动荡时期的记忆、情感和创造力》(*Ecological Nostalgias: Memory, Affect and Creativity in Times of Ecological Upheavals*)，主要汇集了人类学家对于墨西哥、阿根廷、法国的塞文纳、亚马逊的热带雨林、北极等地生态怀旧的调查和研究。

面对生态危机，人们很容易感觉到无力和焦虑，生发出怀旧的情绪。曾经的蓝天白云、曾经的小河流水，都让人们怀念。"个人和群体以不同的方式表达他们希望在这样一个遭到破坏的星球上坚持下去的愿望，或者他们如何从过去中学习，创造新的居住方式。"[1]生态怀旧已然是一种普遍现象。因此，从怀旧这一视角切入对生态文学进行生态批评研究，具有必要性和重要性。

事实上，怀旧自17世纪以来一直被视作消极、悲观和保守的代名词，甚至是一种疾病。近年来随着心理学和社

---

[1] Olivia Angé and David Berliner, eds., *Ecological Nostalgias: Memory, Affect and Creativity in Times of Ecological Upheavals*, New York: Berghahn Books, 2021, p.11.

会学对怀旧的重新研究，人们对怀旧的态度才逐渐改变。开始有学者关注到怀旧情感的复杂性，发现怀旧不必然是消极的，也可以是积极的，更多的是消极和积极的综合体——"痛苦的甜蜜或甜蜜的痛苦"。怀旧甚至可以转变为一种文化情怀。

怀旧的本质是对"返乡"的渴望，也意味着对失去的过去的渴望。在美国生态文学作品中，我们可以看到，无论是19世纪美国的超验主义作家亨利·梭罗，还是20世纪的爱德华·艾比（Edward Abbey）、安妮·迪拉德（Annie Dillard）、奥尔多·利奥波德（Aldo Leopord）、巴瑞·洛佩兹（Berry Lopez）等作家，都展现了对回归自然这个人类最原始故乡的渴望。我们失去了什么？怀念什么？渴望回归到哪里去？意义何在？人类世时代人类还能否归返？尽管作家们无一例外地展现了生态怀旧，但怀旧的对象和内容、表现形式不尽相同。

本书选取了美国当代的三位生态作家大卫·增本（David Mas Masumoto）、特丽·威廉斯（Terry Tempest Williams）、司各特·桑德斯（Scott Russell Sanders）①进行研究，重点分析他们的三部作品：增本的《桃树挽歌：我家农场四季的更迭》（*Epitaph for a Peach*：*Four Seasons on My Family Farm*）、威廉斯的《心灵的慰藉：一部非同寻常的地域与家族史》

---

① 在本书中，之后提到三位作家时，名字皆省略了中间名，如大卫·增本、特丽·威廉斯、司各特·桑德斯。

（*Refuge: An Unnatural History of Family and Place*）、桑德斯的《扎根脚下：在一个躁动不安的世界里建立家园》（*Staying Put: Making a Home in a Restless World*）。增本是美国日裔作家，也是一位世代相承的农民。他的作品中展现了对农业物种多样性丧失的悲叹和哀婉。他渴望恢复传统种植和采用自然农法，保留传统物种。他通过怀旧书写批判了资本主义农业工业化的弊端，对"石化—生物农业"和农业毒化的状况进行了揭示与反思。威廉斯是一位美国当代生态作家，也常被看作生态女性主义的代表人物。她围绕自己家族的"单乳"历史和犹他州大盐湖鸟类的自然史叙事书写，痛斥"廉价自然"观所造成的毒性环境对身体的侵害和对自然的破坏。她的作品中展现了对健康生态的怀念——大盐湖、鸟类、人类健全的身体（祖母、母亲、她本人对健康的怀念）。桑德斯的作品则侧重于怀念故乡，然而由于美国的流动性文化和现代化进程，他的故乡是多地的。他不断地处于漂泊状态。面对回不去的故乡，他逡巡在记忆中的故乡里，最后生发出"扎根脚下"的地方观。三位作家的作品都展现了浓郁的怀旧情绪，这种怀旧又同时与其他的情绪交缠在一起，如忧虑、恐惧、哀婉、愤怒、伤痛、眷恋等。这种情感的相互碰撞和冲击，形成了一股强有力的推动力，成为一种催化生态行动主义的积极情感力量，推动生态理性的建构，塑造了生态怀旧的政治意义与伦理意义。同时，这种情感的激流蕴含着积极的强有力的批判力量，对现代性、科技理性、农业资本主义的工业化和产业化、资本主义的政治理性和经济理性、城市化和全球化等一系列问题进行了反思与抗争。与此同时，这种情感的激流对健康生态的记忆和健康生态重塑的渴望，最终有助于构建一个健康的生态文化和塑造新时代的生态文明。因此，在生态危机四伏的时代，研究生态怀旧具有着重要的意义。

二　研究目的

通过大卫·增本、特丽·威廉斯和司各特·桑德斯这三位作家的怀旧叙事，笔者将考察美国当代生态文学中的以下议题：田园的复杂性与多样性、农业生态中物种多样性的缺失和有机社群的解体；人类世与资本纪时代毒化环境与毒性身体的缠绕与交互；流动性文化、现代化进程与恋地情结的丧失、全球化时代地方观的重塑。在此基础上，本书拟剖析生态怀旧的批判性和指向未来生态文化重塑的力量，探究生态怀旧叙事中的怀旧情感如何激发读者的具身模拟，从而实现生态情感的移情和共情，重塑消费伦理、生态伦理和扎根脚下的地方观。

三　研究框架

笔者结合生态批评、社会生态学、人文地理学和环境史、当代怀旧研究成果等，探究美国当代生态文学中的生态怀旧意涵。全书的主体分为五个部分。第二章对生态批评的四波浪潮进行系统的梳理和评介，对美国当代生态文学的发展作较为细致的梳理和引介，如传统自然写作和人类世自然写作、生态诗歌、生态小说和生态戏剧的发展。第三章介绍怀旧从疾病到情感的历史发展、怀旧的主要特质和类型以及在人类世时代生态怀旧的内涵和伦理意义。第四章探究美国当代农业叙事文学中的代表人物日裔作家大卫·增本的生态怀旧。增本在作品中展现了对传统物种、种植方式和有机社群的怀旧。在他的怀旧中，隐含了对资本主义农业中的石化-生物综合的生产体制的批评，如"廉价食物"机制、土地的毒化和对物种多样性的破坏，继而对饮食文化的越境也予以批评，提倡重塑食物伦理，呼吁消费者担起责任。他反思了农人的土地洁净观和植物有用无用的行为守则，开始重拾自然农法，改变控制大自然的想法，转为让大自然掌管，实施无为法则。第五章探究美国当代生态作家的代表人物特丽·威廉斯的生态怀旧。威廉斯作为摩门教的后裔，居住在犹他州大盐湖地区，祖孙三代都因患有乳腺癌而切除一侧乳房，成为单乳家庭。她在作品中表达了对童年风景和家庭风景的怀旧。她的怀旧背后意味着健康自然与健康身体的毁损。她批评了资本主义的"廉价自然"观、技术乌托邦与控制自然的自鸣得意以及毒性环境的慢暴力，并以笔为战，为自然、女性和家人发声。第六章探究司各特·桑德斯的生态怀旧。桑德斯的作品中展现了他对曾经的故乡的依恋与忧伤。面对回不去的故乡,他只能逡巡在记忆的故乡中,怅惘迷失。他批评了美国的现代化进程对地方的侵蚀以及美国社会的流动性文化,认为这些因素造成了美国人的"非地感",使他们缺少对土地的依恋。这种恋地情结的缺失会造成人们对脚下土地缺乏必要的尊重和关爱,导致人与自然关系纽带的断裂。然而,故乡终归是回不去了,因此桑德斯提出了更为切实可行的生态行为守则——扎根脚下。三位作家的怀旧叙事中蕴含了一种移情策略,有助于促发读者的共情和行动。通过三位作家,我们可以对美国生态文学中的怀旧主题略窥一斑,也可以看到怀旧作为一种力量的存在和衍生的影响。

第二章 生态批评的四波浪潮与美国生态文学现状

一 生态批评的四波浪潮

在后理论的语境下,生态批评作为文学批评的一个新思潮,不但解构了长期以来的人类中心主义思想,而且不再是"安于书斋"的抽象文学理论。它的行动主义取向使学者们走出书斋,从文学到文化,从学术到政治,承担起生态责任和社会责任。四十年来,生态批评的发展历经了四波浪潮。国内学界对前三波浪潮已有详述,但对新近涌起的第四波浪潮尚未有较全面细致的引介。本书以生态批评学者司各特·斯洛维克(Scott Slovic)提出的四波浪潮为基础,在简要梳理前三波浪潮后,重点引介生态批评的第四波浪潮,详细考察生态批评发展的历史、现状与发展趋势。

20世纪60年代,西方环境运动的兴起和学界环境意识的涌现,促发了生态批评的诞生。威廉姆·鲁克特(William Rueckert)在1978年首次提出"生态批评"(ecocriticism)这一术语,而劳伦斯·布伊尔(Lawrence Buell)主张以"环境批评"(environmental criticism)代之,因为"比起'生态',

'环境'这个概念更能概括研究对象的混杂性——在现实中，一切'环境'都是'自然'与'人为建构'的融合；'环境'也更好地囊括了生态运动中日益增加的形形色色的关注点，尤其是对大都市和/或受污染的景观以及环境正义等问题的关注"。① "环境批评"这一术语包容范围更广，使生态批评研究不局限于自然文学或荒野文学的研究，突显了人与自然的相互作用，体现了文学与环境研究的跨学科性，与目前的环境人文学发展趋势更加契合。现阶段这两个术语都被学界接受。有关生态批评的界定很多，广为接受和引用的是彻丽尔·格罗特菲尔蒂（Cheryll Glotfelty）的界定。她认为生态批评是"探讨文学与物质环境关系的批评，采取以地球为中心的方法进行文学研究……所有生态批评有一个基本前提，即人类文化与物质世界相互关联，文化影响物质世界，同时也受到物质世界的影响"。②

过去四十年，生态批评经历了一系列的发展和完善。斯洛维克选用"浪潮"这一隐喻来展现生态批评的微观历史进程，并做了四波浪潮的划分，认为四波浪潮的划分"作为一种生态批评的编史，反映了对生态批评在不同阶段（1980-1995, 1995-2000, 2000-2008, 2008-2012）发展的细微

---

① Lawrence Buell, *The Future of Environmental Criticism: Environmental Crisis and Literary Imagination*, Malden: Blackweel Publishing, 2005, p. viii.

② Cheryll Glotfelty& Harold Fromm eds., *The Ecocriticism Reader: Landmarks in Literary Ecology*, Georgia: The University of Georgia Press, 1996, pp. xviii. and xix.

变化和差异所进行的自我反思和认识"①。2005年，布伊尔在《环境批评的未来：环境危机与文学想象》(The Future of Environmental Criticism: Environmental Crisis and Literary Imagination)一书中区分了生态批评的第一波与第二波浪潮。2010年，斯洛维克在欧洲生态批评刊物《生态圈：欧洲文学、文化与环境杂志》(Ecozon@: European Journal of Literature, Culture and Environment，简称Ecozon@)上阐述了生态批评的第三波浪潮。2012年，他在期刊《文学与环境的跨学科研究》(Interdisciplinary Studies in Literature and Environment，简称ISLE)的编者语中提出可以将生态批评不断扩大的物质转向看作生态批评的第四波浪潮。之后，在与斯洛维克的讨论中，学者们相继提出一些新的隐喻，以展现生态批评的发展，如分形(fractals)、机场航站楼(airport terminals)、斯潘达(Spanda，即宇宙的原始振动，这提醒我们所有生态批评都回应着存在的最深层的节奏和向往)、织锦(tapestry idea)。2017年，斯洛维克又用分水岭(watershed)来隐喻生态批评领域各种智识思考的汇聚。同年，他在《劳特里奇宗教与生态手册》(Routledge Handbook of Religion and Ecology)一书中，对生态批评第四波浪潮做

---

① Scott Slovic, "Seasick among the Waves of Ecocriticism: An Inquiry into Alternative Historiographic Metaphors," in Serpil Oppermann and Serenella Iovino, eds., *Environmental Humanities: Voices from the Anthropocene*, London: Rowman & Littlefield International, 2017, pp. 106–107.

了补充思考。目前学界广泛采用的还是"浪潮"这一隐喻。

偏爱自然伦理的第一波浪潮（1980—1995）

生态批评的第一波浪潮始于20世纪80年代，开始时主要关注非虚构的自然写作或书写自然史的散文（即对密集精确再现真实自然世界的文本），出现了一些松散的生态女性主义观点（如女性与自然有着共同的特别的纽带联系），以及崇尚生态中心主义的观念，尤其强调非人类自然和对荒野的体验。第一波浪潮中对生态文学的范畴划分比较严格，认为具有环境取向的作品必须"把非人类环境看成主动的在场，而不仅仅作为作品的背景；人类的利益不应被看作唯一的合法利益；人类对环境所负的责任是文本伦理导向的组成部分；至少'环境感（环境意识）作为一个过程'在文本中出现而非不变的或已知的事物"①。因此，这一时期的研究集中于英国浪漫主义诗作以及美国从亨利·梭罗（Henry David Thoreau）开始的自然写作，如奥尔多·利奥波德（Aldo Leopold）、安妮·迪拉德（Annie Dillard）、巴里·洛佩兹（Barry Lopez）、爱德华·艾比（Edward Abbey）、加里·斯奈德（Gary Snyder）、温德尔·贝里（Wendell Berry）等作家的作品。这些美国当代生态作家的创作对梭罗既有继承，又有

---

① Lawrence Buell, *The Environmental Imagination, Thoreau, Nature Writing, and the Formation of American Culture*, Cambridge, Massachusetts: The Belknap Press of Harvard University Press,1995, pp.7–8.

自己的独特发展，但总体上强调自然/荒野的价值或田园农业的传统。

受深层生态学与生态伦理的影响，这一时期的研究深刻反思了人类与整个生态系统的关系，严厉批判人类中心主义观念，倡导生态中心主义，主张尊重自然的权利，重新建构人与自然的伦理关系，倡导人与自然的和谐关系。第一波浪潮对推动生态意识的觉醒，确立针对文学与环境的研究，起到了重要作用。然而，这一时期对生态文学的界定及其研究对象都较为狭窄，忽视了环境问题的复杂性和交错性，以及其间所隐含的政治、经济和社会的相互作用，因此被批评为一种"白人、有钱人和欧洲中心的特权主义，并把自然本身作为一种特殊的文化怀旧产物的空间而分离开来"[①]。罗布·尼克森（Rob Nixon）也批评了早期"人文学科绿色运动"的局限：一是仅关注美国的重要作家和批评家；二是布伊尔、格罗特菲尔蒂、斯洛维克、弗洛姆（Harold Fromm）、佩恩（Daniel Payne）等学者倾向于推崇实现自我选择的同一类型的美国作家；三是占据主导地位的环境文学读本、出版的专刊和大学开设的生态批评课程展示的也几乎是同一类型主题；四是环境文学批评几乎成为美国研究的分支，忽视了其他国家和民族对环境

---

① Lawrence Buell, "Foreword" in Stephanie Le Menager, Teresa Shewry and Ken Hiltner, eds., *Environmental Criticism for the Twenty-first Century*, New York: Routledge, 2011, p. xiv.

运动的贡献,如尼日利亚作家卡山伟华(Ken Saro-Wiwa)的作品有力地呈现了种族、污染、人权、地方、民族国家和全球政治等因素纠结在一起的复杂状况,但主流生态批评家却对其视而不见。①历史学家威廉·克罗农(William Cronon)认为,对荒野的纯粹赞美和追求遮盖了历史,虽然表面看来,荒野是城市工业现代性污染中仅存的纯净之玉,是一片可供人类洗尽铅华的净土,但事实上荒野是人类在特定历史时期的特定文化产物,是人类自身创造出来的意象。②城市生态批评学者迈克尔·伯奈特(Michael Bennett)认为生态中心主义至上的观点漠视城市生态,自然写作和田园叙事等文体也未能很好地表达政治选择、社会经济结构与塑造城市环境下的密集居住的生态系统之间的相互作用。③

环境定义更为包容的第二波浪潮(1995—2000)

生态批评研究逐步认识到第一波浪潮中的局限性,做了必要的修正,调整了关于环境文学的界定。布伊尔承认,

---

① Rob Nixon, "Environmentalism and Postcolonialism," in Ania Loomba, eds., *Postcolonial Studies and Beyond*, Durham: Duke University Press, 2005, p.233.

② William Cronon, "The Trouble with Wilderness: Or, Getting Back to the Wrong Nature," *Environmental History*, 1996, Vol. 1 (1), p.7.

③ Michael Bennett, "From Wide Open Spaces to Metropolitan Places: The Urban Challenge to Ecocriticism," in Michael P. Branch and Scott Slovic, eds., *The ISLE Reader: Ecocriticism, 1993-2003*, 2003, p.296.

生态批评研究过度集中在将"环境"等同于"自然",把自然写作成最具代表性的环境文类,这种做法的确太过狭隘,且忽视了公众健康和生态正义。"无论是繁华都市和杳无人烟的偏远之地之间,还是人类中心和生态中心的关注之间,都互有渗透。"他转而认为"把环境性看作任何文本所具有的一种属性,是更富有建设性的思考"。①

环境正义和城市生态批评是生态批评第二波浪潮的两个重要研究方向。在环境正义研究中,除了探究人与自然、人与人之间的平等和谐外,还涉及各种与环境问题相关的政治经济不平等,特别是因权力和财富不平等导致的享有健康环境的不平等,以及对边缘化群体所犯的生态非正义罪行等,如穷人和有色人种所遭受的不公正环境待遇(毒性污染环境的分布),发达国家对发展中国家的生态殖民和生态危机的转嫁等。这一点过去均为生态批评和后殖民批评所忽视。尼克森批评了生态批评家和后殖民批评家的相互漠视,认为这不利于双方的发展。他指出二者彼此漠视的原因主要在于:后殖民批评强调杂糅和跨文化适应,关注"移置"问题,偏爱世界主义和跨国思考,挖掘和重新想象被边缘化群体的过去,从底层和边界的历史、移民记忆来考察;而生态批评强调"纯净叙事",如未开发的处女地荒野、保护最后的"未受污染"的伟大之地,强调深深植根于经验与想象的单一

---

① Lawrence Buell, *The Future of Environmental Criticism*, pp.22–23.

国家中的某一特定场所,偏爱本国或本民族的地方环境文学,追求时间的永恒以及与自然独处的寂静的共融时刻。美国的自然写作,常常消除了被殖民者的历史,塑造了荒野神话。然而,追溯历史,我们会发现这样一种纯净叙事遮蔽了历史,荒野实际上可能意味着文化清除、驱逐,乃至种族人权享有方面的不平等。尼克森批评了生态地方伦理学中的狭隘,如对移置者的排斥,甚至是仇外。他倡导环境批评和后殖民批评进行对话,融合世界主义和生态区域主义的视角,而非厚此薄彼,认为唯此才有助于重新思考生态区域主义和世界主义、超验主义和跨国主义,以及地方伦理和移置经历之间的对立关系。①

城市生态批评是第二波浪潮中的另一个重要研究方向,但发展一直较为缓慢。迈克尔·伯奈特和大卫·蒂格(David W. Teague)在1999年编撰出版了第一部论述城市生态批评的著作《城市的本质:生态批评与城市环境》(*The Nature of Cities: Ecocriticism and Urban Environments*),讨论了城市本质、城市自然写作、城市公园、城市荒野、理论化城市空间、生态女性主义与城市等问题。该书不仅反思和批评了早期生态批评对自然与城市环境边界的严格划分和限制,对城市和城市居民在生态系统中的漠视,而且开创了城市生态批评的研究空间,为城市文学和城市文化

---

① Rob Nixon, "Environmentalism and Postcolonialism," pp.235, 247.

研究提供了新的视角。另一部重要的著作是劳伦斯·布伊尔的《为濒危的世界写作：美国及其他地区的文学、文化与环境》。该书思考了毒性话语与城市生态批评，把"绿色"和"褐色"、城市远郊景观和工业化景观置于对话中，认为应对历史景观、景观类型和环境话语进行全方位的思考，才能实现全面的环境想象。① 上述两部著作具有开拓性，让我们意识到人类不能简单地依靠对自然的称颂和环境伦理观来为自然复魅，解决生态危机，并且这种做法对大多数城市居住者而言，既无说服力也不可能获得。无论过去、当前还是未来，人为与自然的维度始终相互渗透、交织和作用。因此，只有超越人类中心主义与生态中心主义的二元对立，将城市、乡村和荒野等都纳入生态批评研究中，才会有更宽阔的视野和更现实的意义。

尽管伯奈特和布伊尔都指出了城市生态批评的重要性，但他们的开创性观点并未引发研究热潮，除了缺乏相应的理论和批评方法之外，对城市根深蒂固的观念也是原因之一。在传统文学作品和文化意象中，城市与乡村被看作截然不同的两个地方：城市代表着黑暗，乡村代表着光明。在工业化时代，城市的拥挤与单调、环境污染、食品安全等问题，更加剧了这一对立。生活在钢筋混凝土中的城市人，总对田园抱有格外的渴望

---

① Lawrence Buell, *Writing for an Endangered World: Literature, Culture, and Environment in the U.S. and Beyond*, Cambridge, Massachusetts: The Belknap Press of HarvardUniversity Press, 2001, pp.7-8.

和热情。因此,在第二波浪潮中,城市生态批评的发展相对迟滞。直到2010年,斯蒂芬·勃兰特(Stefan L. Brandt)等编辑的《跨文化空间:城市、生态和环境的挑战》,才进一步专门探究了城市生态问题。其中,布伊尔的文章《自然与城市:对立或共生?》解析了自然与城市相关的六个隐喻:一,城市/自然的二元;二,城市作为整体或宏观有机体;三,城市作为零碎的集合;四,城市作为再生羊皮纸卷(历经时间的多重意义、多层次的叠写);五,城市作为网络;六,城市作为启示录。① 这六个隐喻呈现了人们思考和想象城市的方式,提供了进行城市生态批评研究的路径。2016年,厄休拉·海斯(Ursula K. Heise)在论文《都市主义者的地貌改造》(Terraforming for Urbanists)中提出"地貌改造"(terraforming)这一概念,进一步补充了关于城市的隐喻。克里斯多夫·施利法克(Christopher Schliephake)的《城市生态学:当代文化中的城市空间、物质能动与环境政治》一书,从文化城市生态学入手,通过各种各样的文化媒介和体裁,如非小说的城市写作、电视剧、纪录片和电影等,考察当代城市文化中自然、空间、物质性与环境政治之间的相互作用。他把城市看作一个杂糅的环境,人类与非人类施事者在其中不断地相互运作,重新塑造了城市的居住环

---

① Lawrence Buell, "Nature and City: Antithesis or Symbiosis?" in Stefan L. Brandt, Winfried Fluck and Frank Mehring, eds., *Transcultural Spaces: Challenges of Urbanity, Ecology, and the Environment*, Real: Yearbook of Research in English and American Literature, 2010, Vol. 26, pp. 3-20.

境。①2016年，欧洲的生态批评刊物《生态圈》出版城市生态批评研究专刊：以文学和电影为诊断工具，理解现代想象中的城市历史，使之成为推动城市新思想和新概念的资源；探究文学和电影叙述对城市空间和城市生活物质现实的影响。②人类是对生命世界产生最持久影响的物种，我们应重新思考人类在这个星球的生存方式和生存理念，把城市重新放入生态系统中，将之看作其中不可割裂的一部分，非人类和人类在此空间中彼此关联、相互依赖。此后，关于城市生态批评的著作日益增多，学者们逐步意识到环境问题的复杂性以及城市生态批评研究的必要性和重要性。

目前城市生态批评有城市自然研究和城市褐色景观研究两个维度，都需进一步推进。城市自然的观念虽然很好，但城市与乡村历久弥坚的二元对立模式，城市化与工业化不断扩张的脚步，城市问题的不断涌现，使得"城市自然"的观念难以引发更多共鸣。而就城市褐色景观研究而言，尽管布伊尔在环境学家杜撰的术语上进行了延伸和发展，提供了研究范例，但在具体的文学批评中该如何实践与应用，仍有较大空白。笔者在2010年完成的博士学位论文中，尝试以狄更斯、哈代和劳伦斯三位经典作家为研究对象，考察英国城市

---

① Christopher Schliephake, *Urban Ecologies: City Space, Material Agency, and Environmental Politics in Contemporary Culture* (ebook), Lanham, Maryland: Lexington Books, 2015, p.37.

② Catrin Gersdorf, "Urban Ecologies: An Introduction," *Ecozon@*, 2016, Vol.7(2), p. 6.

与乡村的百年生态变迁与作家的文学反应,当时难以借用已有的生态批评方法,只得运用跨学科方法进行研究。城市生态批评若想获得突破性发展,就需要建构相应的方法论。在大多数城市文学中,环境多是背景与衬托,不像在自然写作和动物写作中,环境是作品的主题。想找到大量合适的文本进行分析,发展出一套行之有效的研究方法,难度很大。城市生态批评的发展相对滞后,确有现实性的制约。然而,城市生态问题应该被深入探究,因为在世界范围内城市化已是大势所趋。到2050年,世界上四分之三的人口将居住在城市。生活在城市中的人可能没有那么多机会直接体验纯粹的自然,那如何培养他们对自然的想象,建立与自然的联系?如何打造人与自然和谐相处的田园城市?在今天跨学科研究的环境人文学大背景之下,城市生态批评必然有进一步的发展。

全球视野下"多形态行动主义"的第三波浪潮(2000—2008)

生态批评的第三波浪潮把生态批评纳入文化研究的领域,倡导用全球化思维看待生态问题,从环境视角探索人类体验的各个层面,跨越国家、种族、民族考察人类和自然如何彼此相连。厄休拉·海斯对生态批评中的地方依恋,如栖居、再居住、生态区域主义、地方爱欲、土地伦理等地方研究进行反思。她肯定恋地情结在环保主义斗争中的重要作用,但认为过度关注对地方意识的重塑,可能导致僵化的本土观念，与全球化理论的中心观念有些脱节。海斯从全球化和世界主义理论出发，倡导生态世界主义的意识，主张树立环境世界公民身份，培养一种星球意识，理解地方的自然和文化以及它们如何在世界范围内彼此联结和相互塑造，人类又是如何影响和改变了这种联系。同时海斯强调对文化的生态批评理解应把对风险感知以及风险所涉及的社会文化体系的研究囊括在内。她认为超越本土和国家的疆界思考生态问题，将有助于更好地理解地方，也有利于理解文学与艺术是如何塑造全球环境想象的。①

生态批评不断把自身扩展到对其他前沿问题的思考中，比如"人种、种族、性别、身份等文化问题；涉及全球霸权体系，帝国主义政治、经济和文化统治体系的运作问题；对非人类动物、边缘化性别的压迫问题；不公正的全球化等社会问题；近来对环境正义和酷儿理论建构的积极参与，关于地方概念和人类体验的跨区域和跨国研究新方法的运用"。②这些思考直接导向新的研究路径，如生态后殖民主义、后国家和后种族研究、生态物质女性主义以及各种性别研究等。斯洛维克将生态批评的第三波浪潮总结为以下几个层面：一，从地方到全球、全球到地方的双向视

---

① Ursula K. Heise, *Sense of Place and Sense of Planet: The Environmental Imagination of the Global*, Oxford: Oxford University Press, 2008, pp. 10, 13, 21.

② Serpil Oppermann, Ufuk Özdağ, Nevin Özkan and Scott Slovic, eds., *The Future of Ecocriticism: New Horizons*, Newcastle Upon Tyne: Cambridge Scholars Pub., 2011, p. 16.

角；二，后国家、后种族与民族身份的辨证视野；三，生态批评性别研究方法的多元化，如生态物质女性主义、生态男性主义以及绿色酷儿理论；四，动物生态批评（进化论生态批评，对动物主体性和施事作用的生态批评讨论）；五，把生态批评的实践和生活方式联系起来，如素食主义或杂食主义；六，扩展环境正义的范围，把非人类物种及其权利囊括在内。斯洛维克把第三波浪潮的精神归结为全球视野下的"多形态行动主义"。在此过程中，学者们运用不同的方法把学术研究和社会改造连结起来：有的学者将文学作为一种描述可持续性生活方式的手段，有的学者将文学作为一种环境激进主义的手段。①斯洛维克本人新创的"学术叙事"也是一种把生态批评与严肃的学术写作相结合的探索，避免了艰涩难懂的枯燥术语，在从学术层面思考生态问题的同时，加入了个人的生命经验。它不再是只有研究文学的人才能读懂或愿意读的艰深晦涩之作，而是读者群更为广阔，更具可读性、生动性和启发性的叙事著作。此外，在第三波浪潮中，生态批评内部出现了对自身的反思与批评，如认为之前的研究疆域过窄，在某种程度上造成了生态批评内部的殖民，缺乏理论建构和对方法论的精确定义等。这些自我反思对推进第四波浪潮中的理论建构

---

① Scott Slovic, "The Third Wave of Ecocriticism: North American Reflections on the Current Phase of the Discipline," *Ecozone@: European Journal of Literature, Culture and Environment*, 2010, Vol.1 (1), p.7.

起到了积极作用。

物质转向、跨文化与跨学科研究并举的第四波浪潮（2008至今）①

2008年，史黛西·阿莱莫（Stacy Alaimo）和苏珊·赫克曼（Susan Hekman）编撰出版了《物质女性主义》（*Material Feminisms*），该书对第四波浪潮中物质生态批评的产生和发展，产生了较大的影响，也预示着生态批评第四波浪潮的肇始。2012年，斯洛维克在《文学与环境的跨学科研究》的编者语中，强调生态批评趋向于关注"环境事物、地点、过程、力和经验的基本物质性（物理性、结果性）。此外，从气候变化文学的研究到对诗歌语言物质的审视，生态批评实践中的实用主义正在增长"。②2017年，他提出了生态批评第四波浪潮发展的几个重要模式③。笔者

---

① 斯洛维克对生态批评第四波浪潮的阶段划分为2008—2012年，但2012年以后又有很多新发展，因此本文将时间改为2008至今。

② Scott Slovic, "Editor's Note," *Interdisciplinary Studies in Literature and Environment*, 2012, Vol.19 (4), p.619.

③ Scott Slovic, "Literature," in Willis J. Jenkins, Mary Evelyn Tucker and John Grim, eds., *Routledge Handbook of Religion and Ecology*, Taylor and Francis, 2017, pp. 360–361. 斯洛维克提出的模式包括：物质生态批评、跨国生态批评、生态叙事学、生态批评动物研究、生态批评与信息处理。动物伦理及动物研究在前三波浪潮中均有所涉及，国内已有不少研究成果。本文囿于篇幅，略去这一模式，补充了情感生态批评和环境人文学的内容。有关生态批评的动物研究，可参看王宁教授的《当代生态批评的动物转向》（《外国文学研究》2020年第1期）一文。

认为第四波浪潮具有的一个突出特点是：尝试对生态批评进行理论层面的建构，研究中跨学科的视野和方法更为凸显。笔者下面将基于斯洛维克的观点，结合新近的发展，从物质生态批评、跨国生态批评、生态叙事学与情感生态批评、信息处理与生态批评、生态批评与环境人文学的契合等方面进行梳理和介绍。

（1）物质生态批评

2012年，《文学与环境的跨学科研究》刊载了由希瑟·沙利文（Heather I.Sullivan）和达娜·菲利普斯（Dana Phillips）组织的专辑《物质生态批评：污物、垃圾、身体、食物和其他物质》(*Material Ecocriticism: Dirt, Waste, Bodies, Food, and Other Matter*)，这一专辑中的文章是该领域初步且较为重要的探索。2014年，塞雷内拉·伊维诺（Serenella Iovino）和塞尔皮尔·奥珀曼（Serpil Oppermann）编撰出版了《物质生态批评》，推进了这一研究。物质生态批评的形成，受到了新物质主义、物质女性主义、生物符号学、思想生态学、生态后现代主义、后人文主义、事物理论、文化生态学等的影响。它不仅吸收了上述领域的研究成果，还积极与之对话，并有所创新。其中新物质主义对物质生态批评的影响颇深，这一方面的代表作有大卫·艾布拉姆（David Abram）的《成为动物：尘世的宇宙学》(*Becoming Animal: An Earthly Cosmology*)、史黛西·阿莱莫(Stacy Alaimo)的《身体自然:科学、环境和物质自我》(*Bodily Natures: Science, Environment, and the Material Self*)、凯恩·巴拉德(Karen Barad)的《中途遇见宇宙:量子物理学与物质和意义的缠绕》(*Meeting the Universe Halfway: Quantum Physics and the Entanglement of Matter and Meaning*)、简·贝内特(Jane Bennett)的《活力之物:事物的政治生态》(*Vibrant Matter: a Political Ecology of Things*)和温迪·惠勒(Wendy Wheeler)的《全部的造物:复杂性、生物符号学和文化的演变》(*The Whole Creature: Complexity, Biosemiotics and the Evolution of Culture*)等。

物质生态批评旨在研究"物质(如身体、事物、元素、有毒物质、化学物质、有机和无机物质、景观及生物实体)彼此间以及与人类之间的缠绕、渗透和相互作用,以及物质如何生成我们可以阐释为故事的语义和话语体系"[1]。它主张物质具有施事能力、叙事能力和交流能力。长久以来,对物质和人类的二元划分,使人类对人类以外的世界总抱有控制心态,认为任何生态问题都可以通过技术解决,而物质生态批评给我们提出了一个问题:人类真的能控制世界吗?事实上,被人类当作"被动的、惰性的、无法传达独立意义"的物质世界与人类处于复杂的联结中,彼此缠绕。经此缠绕,物质与我们的身体、地方的生活融为一体,

---

[1] Serenella Iovino and Serpil Oppermann, eds., *Material Ecocriticism*, Bloomington: Indiana University Press, 2014, p.7.

"居住在世界上,即使简单地使用抗生素也可以长期破坏人类微生物组的复杂平衡,进而危害人类的健康。忽视这种力量格局的复杂性以及所有在人体周围和内部循环的非人类力量"①,不仅导致对世界进程非常局部的了解,而且其后果可能影响人类的生存行为以及整个生物圈。此外,"万物和众生具有与其他众生交流的能力"。他们的施事能力被视为一种"固有的属性,不断地发挥自己的积极创造力和感知力。这不仅暗示了关于自然、生命和物质性的新概念,而且使人类重新定位于更大的物质符号学中"②。

物质生态批评不仅探索物质形式的能动属性,而且探究这些属性如何与其他物质形式及其属性、话语、进化路径、政治决定、污染和其他故事相互联系,强调在物质形成的生成过程中,有一种隐含的文本性。这种文本性既存在于物质表达自身的能动维度中,也存在于物质动态和话语实践的融合中,以及同时发生行动时身体所涌现的方式中。从相互运作的力量和实体网络中的身体、事物和现象的共同涌现中,可以看到物质表达的动态过程。无论它们是否被人类的思想所感知或解释,这些故事都塑造了具有持续重大影响、生成力量的轨迹。这种物质叙事形式也导致了一种非人类中心的文学观念。文学故事以物质-话语的相遇为框架,通过人类创造力和物质叙事能力共同发

---

① Serenella Iovino and Serpil Oppermann, eds., *Material Ecocriticism*, p.3.
② Ibid, p. 6.

挥作用，创造性地产生了新的叙事和话语。这种话语表达了我们共存的复杂性，突出了其多重和"分形"的因果关系，并扩大了我们的意义范围。[①]物质生态批评认为对物质和意义、身体和身份、存在与知识、自然与文化、生物和社会的新兴动力的研究和思考不应相互孤立，而应融合考虑。物质是一个持续不断的体现过程，涉及并相互决定认知、社会建构、科学实践和道德态度。也就是说，自然与文化相互缠绕、相互嵌入。人类与非人类的身体作为"中间地带"（在此，物质与政治、社会、技术、生理的话语力量彼此缠绕），既是肉体、内在属性和象征性想象的复合体，又都是生动的文本，叙述着自然文化的故事。[②]物质生态批评把"故事"或"叙事"的概念应用于物质时，借用了拟人化的方法。它认为拟人化可以揭示人类与非人类之间存在的相似性和对称性，从语言、感知和伦理层面缩小二者之间的距离，对抗主体与客体的二分论，使我们认识到世界是充满组成联盟的各种物质。简而言之，物质生态批评打破了物质与人类的二元论，有助于我们重新认识世界，为话语与物质之间的复杂关系打开新的阐释视野。笔者认为物质生态批评中的"跨身体性"、物质与人类的相互"缠绕"与嵌入，与布伊尔提出的"毒性叙事"有共通之

---

① Serenella Iovino and Serpil Oppermann, eds., *Material Ecocriticism*, pp.7–8.

② Ibid, pp. 5–6.

处,都强调了生命之网,人类不能独善其身,必须与自然、文化和社会形成良性的动态关系。在这个意义上,物质生态批评是在跨学科基础上,对毒性叙事的一种延伸与发展。此外,物质转向中所强调的"环境道德的重要性",也与第二波浪潮中的环境正义有着千丝万缕的联系,因为无论族际环境正义、跨国环境正义、贫富环境正义,还是物种间的环境正义,道德都是"环境正义"中所关注的核心内容。

(2)跨国生态批评

近年兴起的跨国生态批评研究,开始强调比较文学与世界文学的视角。哈佛大学比较文学和东亚研究教授唐丽园(Karen Laura Thornber)2012年出版的《生态含混:环境危机与东亚文学》一书被看作这一方向的力著。该书是第一部从比较文学视角研究中国大陆和台湾地区、日本、韩国生态问题的专著。之前的生态批评研究集中在欧美文学作品,近年来由于环境正义与后殖民生态批评的发展,开始有学者关注非洲、拉丁美洲和南亚文学中的生态批评,但多数研究都只关注这些地域用西方语言书写的文学作品。唐丽园精通东亚各国语言,直接采用一手的源语材料,对东亚地区的汉语、日语和韩语作品进行了研究。与此同时,她不局限于上述国家和地区,还囊括了来自不同时代和地区的文本,包括非洲、美洲、澳洲、欧洲、中东、南亚和东南亚的文本,所涉及的文学作品数量颇大。

唐丽园提出了"生态含混"（Ecoambiguity）的概念，认为"文学内在的多义性使其可以凸显并且协调——揭示、阐释（重新阐释）和塑造——长期以来人与环境之间充满相互作用的含混，包括那些涉及人类破坏生态系统的相互作用。生态含混指认识论上的不确定状态，既可以被充满同情地剖析为作者和文学人物的缺乏意识，也可以被严苛地剖析为作者和文学人物无能为力的含蓄的忏悔。它常以相互交织的多重方式呈现，包括对自然的矛盾态度，对非人类实际状态的困惑（通常是含混信息所导致的结果），人类对生态系统的矛盾行为，态度、条件和行为的不一致所导致的对非人类世界毁坏的轻视和默许，甚至是对意欲保护的环境的无意伤害"。经由"生态含混"的概念网络，唐丽园考察了百余部来自不同文化的文学作品，分析其中蕴含的"生态含混"，"揭示了这些相互交叠的生态含混形式作为基本属性存在于探讨人类与非人类世界关系的文学作品中，并思考了这些作品如何呈现了差异在纵向时间维度上、横向物理和社会空间上的排列和隐含之意"。[①] 此外，她通过多部作品的文学网络，观察到环境含混的错综复杂性，如自然观和实践的分离、景观的复杂性、边界模糊造成的环境变化的复杂性、跨时空的人类与非人类关系、环境问题的区域性与全球性。尤其是在

---

① Karen Laura Thornber, *Ecoambiguity: Environmental Crises and East Asian Literatures*, Ann Arbor: University of Michigan Press, 2012, p.6.

东亚社会和文学中,一边是天人和谐的浪漫自然观,一边是重塑自然、破坏生态的现实。观念和现实为何出现如此脱节?文学如何呈现这一矛盾?该书也由此呈现了一个重要的思考与启示:环境问题并无轻而易举的解决之道。如何将环境意识与环境实践有机结合,知与行合一,任重而道远。

唐丽园研究的独特之处在于:她观察到了介入环境必然产生的模糊性,阐释了形成、实施和解释环境伦理关注的复杂性,以及观念和实践的意义。她不仅凸显了现代东亚文学的在场性,重新定位东亚生态批评,而且强调了"生态含混"的全球性,推进了世界文学与全球环境关系的研究,提高了生态批评研究的全球意识。

(3)生态叙事学与情感生态批评

生态叙事学和情感生态批评是近年来兴起的新方向,代表作有艾琳·詹姆斯(Erin James)的《故事世界协议:生态叙事学和后殖民叙事》(2015)、亚莉克莎·莫斯纳(Alexa Weik Von Mossner)的《情感生态学:移情、情感和环境叙事》(2017)、凯尔·布拉多(Kyle Bladow)和詹妮弗·拉蒂诺(Jennifer Ladino)的《情感生态批评:情感、具身与环境》(2018)。

詹姆斯将文学形式和环境洞察力联系起来,融合叙事学、生态批评和后殖民主义,并借用认知科学的方法,对后殖民文学进行研究,拓宽了叙事理论和后殖民研究的范围。她认为尽管叙事学和生态批评之间存在一些分歧，彼此忽视，但二者可以实现对话，形成一种新的阅读模式——生态叙事学。生态叙事学不仅研究文学与自然环境之间的关系，而且通过叙事，"敏锐地关注到了我们用来沟通表征自然环境的文学结构和手段。它强调叙事的潜力，通过突出叙事浸入的比较性，使读者理解人们在不同时空的生态之家生活的样态"。生态叙事学"不仅能让文学评论家更好地欣赏彼此讲述环境的方式，而且也发现不同处所和文化特有的细微差异，这些差异蕴含在很多读者赖以构建故事世界的线索提示之中"。[1]

在方法上，詹姆斯结合了叙事学中的语境叙事学和认知叙事学，认为它们可以成为一种有用的生态批评工具。语境叙事学将超文本世界作为主要关注点，把读者在叙事中遇到的现象与特定文化、历史、主题和意识形态联系起来，即把叙事结构和生产它们的语境联系起来，考察文本如何编码或挑战一定的意识形态。[2]认知叙事学则关注叙事的人类精神和情感过程，以询问叙事与读者之间的互动方式，探究读者认知和理解角色意识的能力。标题中的"故事世界协议"（The Storyworld Accord）恰恰表达了"心理模拟与传播之间的联系"，而"故事世界"在传播中起着

---

[1] Erin James, *The Storyworld Accord: Econarratology and Postcolonial Narratives* (ebook), Lincoln and London: University of Nebraska Press, 2015, pp.85–86.
[2] Ibid, p. 67.

关键作用。大卫·赫曼（David Herman）把它界定为"一种思维模式，谁做了什么，对谁做，何时，何地，为什么，以及在阐释者重置的世界里以何种面貌出现。阐释者在试图理解叙事时，不仅会尝试重构发生的事情，还会尝试重建嵌入故事世界的周围语境或环境，其属性以及其中所涉及的行为和事件。故事世界中故事的基础对解释叙事的沉浸感，将叙事者和阐释者转移到不同地方的能力大有帮助。"① 这种富有想象力的传输过程有助于我们从他人的角度理解环境，弥合想象的鸿沟，从而起到沟通的作用。因为环境的想象绝不是普世的，环境想象不同，面对环境问题的立场自然也不同。想象力冲突时，现实也会发生冲突。叙事能让我们理解为什么会有这些不同的环境立场。② 这种理解的增加必然有助于环境问题的现实解决。

此外，詹姆斯对后殖民文学的生态叙事解读也有益于环境和叙事两个层面的讨论。一方面，叙事学帮助生态批评家提高对文学形式的敏感性，使他们能够更好地阅读世界各地叙事中具有洞察力和文化底蕴的环境。特别是后殖民叙事能以其他非叙事文本无法做到的方式，为读者提供对文化多样性的理解和全球环境的体验，使读者模拟和生活在原本会被拒绝的环境中，从另一个角度体验这些环境。另一方面，叙

---

① Erin James, *The Storyworld Accord: Econarratology and Postcolonial Narratives*, p. 80.

② Ibid, pp. 39–40.

事学也可从与生态批评话语的接触中受益。在双方的互动中,叙事理论家能更好地理解叙事如何建构、颠覆和永久保留环境的主要表现形式,包括那些与文学现实主义相关的模仿形式。这种参与还将扩大叙事理论家对叙事的疑问,如哪种类型的环境再现与特定的微观和宏观叙事结构相关联;叙事如何展现不同的环境空间和时间尺度,如地质时间或行星空间;环境退化的再现是否与某种观点或空间类型有关。①詹姆斯的生态批评叙事分析,呼应了伊维诺和奥珀曼对物质生态批评的讨论,但与她们强调物质本身的"叙事"能力不同,詹姆斯并不将身体置于环境网络或人类与非人类物质的缠绕之中,而是侧重探究人脑对叙事内在运作的理解。

　　长期以来,生态批评高度关注自然写作,强调对自然环境——特别是荒野或田园——的真实再现。将研究拓展到创造性的、对物质世界的非写实主义再现的故事叙事世界,并探究人们对其的体验,不仅为所有叙事开辟了生态批评话语,而且有助于文学评论家克服在空间、时间、环境和环境体验中所处的区域和文化特殊性(这些特殊性通常嵌入在叙事结构中),经由对想象和可能陌生的物质世界的描述,彻底思考环境,再现和主体性之间的关系。②因此,詹姆斯倡导借助故事叙事的媒介,促进人们在气候变化、环境破坏、跨

---

① Erin James, *The Storyworld Accord: Econarratology and Postcolonial Narratives*, pp. 88–90.
② Ibid. 93–95.

文化互动以及土著文化丧失等问题上达成共识和相互尊重。

莫斯纳的《情感生态学：移情、情感和环境叙事》则意识到生态叙事、情感研究与认知科学之间的联系，采用跨学科的研究方法，重点围绕人的主体性、文化和自然环境之间复杂的相互作用和相互依赖展开讨论，考察环境叙事如何在感知、认知和情感层面上影响读者和观众，分析其产生的后果。早期的生态批评研究关注了自然写作叙事对美国读者和公共领域的影响，强调自然写作中积极的叙事情感价值和社会功能，特别是凸显自然的净化和疗愈作用，但是对有关小说和电影的环境叙事的研究较少。莫斯纳的研究对此做了有益的补充。她认为，任何在媒介中强调生态问题、凸显人与自然的关系并公开声明要带来社会变革的叙事，都可被纳入环境叙事中。在叙事传播和读者对文学故事世界的情感参与过程中，小说和非小说并不存在质的区别。此外，视听文本同样能在观众的具身思维中营造环境，在情感上突出环境以及角色与环境的关系，这一点也值得研究。在莫斯纳看来，环境叙事对读者的态度和行为会产生持久的影响。环境叙事的感知和情感过程，不仅对环境叙事的产生起着重要作用，而且有重大的社会影响。她的专著主要涉及以下五个层面的研究：一，探讨环境正义叙事如何从策略上吸引读者移情，为遭遇不公正待遇的人进行道德辩论，特别是当环境叙事涉及开采、滥用和不公正现象时，我们的同理心如何在道德层面上参与其中;二,运用情感神经科学和认知行为学(动物心智研究)的知识,探索我们在文学和电影中遇到动物时的情感反应背后的心理机制,并考察这类描写是否会触发观众的跨物种同理心;三,思考重要的生态乌托邦叙事是否具有引发社会变革的潜在价值,在生态乌托邦和反生态乌托邦叙事中,对未来环境的推测会给我们带来怎样的具身体验,以及这些叙事引发了哪些消极和积极的情绪;四,关注风险感知的情感层面,风险感知涉及跨国与全球的环境问题,不同的情感立场是否有可能共同促进社会变革;五,探索电影如何应用技术手段将观众带入另一个世界,为观众提供虚拟的但情感丰富的环境体验。[1]

莫斯纳注意到情感理论关注了叙事、身体和环境之间多样复杂的互动、交流和循环。她特别强调了具身认知与叙事分析的联系,指出在对环境叙事的情感反应研究中,必须重视具身认知。因为具身认知在模拟社会经验和道德理解的过程中以及与世界的接触和审美反应中,起着至关重要的作用。阅读和观赏都是高度具身化的活动,一方面我们需要调动感官来感知事物,另一方面我们的身体充当了共鸣板,使得我们能够模拟故事世界和虚拟世界中的人物的认知、情感和动作,用身体来理解周围的环境,包括非人类媒介的思考、情

---

[1] Alexa Weik Von Mossner, *Affective Ecologies: Empathy, Emotion, and Environmental Narrative*, Columbus: The Ohio State University Press, 2017, pp. 13–16.

感和行动，甚至无生命物体的运动。莫斯纳更开放地接受了科学领域的成就，借鉴了认知科学、神经科学、哲学、心理学等领域的研究，尝试建构一种叙事情感的认知生态批评方法。这种利用认知科学知识和跨学科认知文化研究的生态批评方法，思考了人类如何在心理和情感层面上，以生物通用但文化特殊的方式与环境叙事进行互动；如何在感官和情感层面体验文学和电影中的人物、事件和环境，以及环境叙事如何引导我们关心处于危险中的人和非人类自然；如何看待生态乌托邦和反生态乌托邦文本和电影中预测的未来。①

2018年出版的《情感生态批评：情感、具身与环境》汇集了多个学科领域的对话，如认知科学、神经科学、哲学、情感理论、物质批评、文学文化研究等，从深度和广度上把环境危机和未来可能出现的情况联系起来。编者布拉多和拉蒂诺提出，环境人文学者应找到新的、更具说服力的方式探究环境与社会正义之间的关系，认为必须跨越意识形态、物种和标量的界限，在新的地质时代找到二者之间的共同点。情感理论可以对环境与社会正义有帮助，因为"情感可以把我们从个人的微观层面带到机构、国家或地球那样的宏观层面"②。

---

① Alexa Weik Von Mossner, *Affective Ecologies: Empathy, Emotion, and Environmental Narrative*, Columbus: The Ohio State University Press, 2017, 2–4.

② Kyle Bladow and Jennifer Ladino, eds., *Affective Ecocriticism: Emotion, Embodiment, Environment*, Lincoln: University of Nebraska Press, 2018, p. 3.

情感生态批评融合情感理论和生态批评的观点，考察了围绕环境问题的情感因素及其运作方式，认为环境本身在塑造情感体验中发挥了巨大的作用。通过在空间上重新审视习以为常的情感，扩大环境情感的范围，以及借助生态批评视角理解新发现的情感，情感生态批评更为直接地考察了情感和环境的关系。尼尔·坎贝尔（Neil Campbell）在理论上借用费利克斯·瓜塔里（Felix Guattari）三种生态模式的生态和情感维度，将"虚构区域性""棱镜生态"和"路径生态"等概念结合起来，形成新的智能联系，概述了情感虚构区域性的理论和政治潜力，并称其促进了"新式温柔"的发展，其中包含好奇心、惊诧、协调和伦理责任。乔布·阿诺德（Jobb Arnold）将"土地情感"理论化为"一种与生俱来的感受土地潜力的非技术介导关系，而这种关系是由自由流动的社会和生态能量所激活的"。学者们认为如果要实现环境正义，首先要对土地、家园、人类和非人类物种的情感依恋有更清晰的理解。《情感生态批评》一书还集中探讨了以下几方面的内容：一，情感理论在环境和社会正义的各种流派中的应用，包括食物研究和土著权利；二，生态批评、情感研究和叙事理论（以及其他领域）中存在的移情，移情如何发生作用并与人类世界之外的事物建立联系，以及如何运用移情探索并理解人类身份以及环境政治的潜力，并主张"移情现实主义"；此外，关于人类如何理解非人类世界，以及人类与非人类世界的关系，存在怎样的影响因素，同时负面情感在人类世中有何政治和教育作用。学者们探索了从认知科学到文化理论等情感研究领域的方法，创造了一系列术语，包括"土地情感""食物情感""酷儿环境情感"和"情感弧"等。《情感生态批评》中的研究注意到那些反映当今人类生活环境的复杂和多样的脆弱情感，特别考察了在人类世时代出现或被重新定义的情感（通常是"糟糕的"情感），如失望、焦虑、绝望、顺从、气愤、悲伤和安慰。在环境变化日益加速的时代，爱和失去紧密相连，读者会同情、想象和感受到书中的角色所感受到的生态怀旧情绪和被遗忘的"慰藉之痛"。学者们打破了绝望和希望二元对立的简单化的情感表达和认知界限，让我们意识到情感的复杂性，带我们进入一个更为包容、细致、与各种各样的环境退化和变化有着千丝万缕的关系的"情绪集合"。其中，萨拉·雷（Sarah Jaquette Ray）在其环境课程中提出"情感曲线"的概念，指出面对气候变化，大部分学生的情感在绝望和希望中徘徊，似乎这是对气候变化的唯一反应。在环境教育中通常主张遵循希望曲线，防止人们陷入绝望，但雷鼓励教师在课堂上为情感对话留出空间，允许学生体验负面情绪，帮助学生理解自己对人类世复杂的情感反应。想要更好地认识和解决环境问题，建立公正和可持续的世界，就必须对人类的情感有更加深入的认识，理解情感是如何运作的，如在个体内部和不同物种之间，以及在各种环境、文体和等级体系内部以及之间如何运作。①从上述研究可以看到，生态叙事与环境的情感认知对生态批评研究具有重要意义，有助于促进对环境正义、动物研究、生态公民权、环境教育、不同地域的环境认知与想象等问题的理解。

（4）信息处理与生态批评

"我们时代的许多重大人道主义和环境危机都超出了我们的理解能力，它们发生的速度太慢，距离太远，或者在规模上超出了我们的感知能力。即使我们通过数据形式了解了这些现象，也难以掌握这些数据信息的含义。"②因此，面对庞大的数字、遥远的空间和漫长的时间，人类容易变得麻木和漠视。面对环境问题的错综复杂和时空的距离，如何唤起公众对此的认知和反应，生态批评对信息处理和环境关注之间的联系进行了探讨，代表性研究学者有罗伯·尼克森和司各特·斯洛维克。

尼克森的著作《慢暴力与穷人的环保主义》常被看作后殖民和环境正义的代表作。然而，这部著作中的核心概念"慢暴力"涉及的信息处理与认知，尚未引起足够的重视。慢暴力，指逐渐发生且看不见的暴力，常常被人们忽视，但其破坏性分散在时间和空间里，表现为一种消耗性

---

① Kyle Bladow and Jennifer Ladino, eds., *Affective Ecocriticism: Emotion, Embodiment, Environment*, p. 361.

② Scott Slovic, "Literature" in Willis J. Jenkins, Mary Evelyn Tucker and John Grim, eds., *Routledge Handbook of Religion and Ecology*, p. 361.

的暴力。通常人们所认为的暴力是即时的、轰动的、有能见度的事件或动作，而慢暴力则是渐进的、递增的暴力，既不是惊人的也不是瞬间爆发的，其灾难性的影响在时间维度中缓慢展现开来，如气候变化、冰冻圈解冻、有毒物质漂移、生物放大、森林砍伐、海洋酸化、战争的放射性后果或战争造成的人员伤亡和生态伤亡，以及许多其他正在缓慢发展的环境灾难等。这种"缓慢"阻碍了人类的果断行动。① 尼克森运用一系列术语，如"外国负担""资源诅咒""毒性漂移"和"发展难民"，凸显了慢暴力涉及的环境问题的跨国性，时间的漫长性，空间的距离性，环境问题与政治、经济问题交错的复杂性，风险转移和承担，环境正义与全球视野等问题。

环境问题的跨国伤害主要有两种。第一种是跨国公司对自然资源丰富的国家的能源掠夺。在海湾地区的不发达国家，环境问题与石油帝国主义、资本主义、资源主权、政治责任、公民自由或民主等交织在一起。丰富的自然资源非但没有成为发展的助力，反而成为帝国掠夺的对象，形成一种"资源诅咒"：如石油成为一种特殊的资本原始积累，大量被开采和输出，破坏了当地的生态环境；与此同时，巨大单一的资源输出，抑制了当地经济、基础设施建设和公民多样性的发展，并造成权力的高度集中、社会

---

① Rob Nixon, *Slow Violence and the Environmentalism of the Poor*, Cambridge, Mass.: Harvard University Press, 2011, p. 2.

关系的严重分层、腐败与镇压的国际反馈环路。石油资本主义给当地人民带来空前的暴力和不可逆转的苦果，个人身体和民族国家的完整性均遭破坏。西方国家通过地质调查和勘探，建立石油营地，将"官方风景"叠加在当地的"乡土风景"上，用数字计数忽视和覆盖当地人的现有地名和历史。①当地石油独裁者和帝国主义剥削者回避和忽视石油作为不可再生资源的事实，一味贪婪地攫取，不仅滋生了对当地人民的慢暴力，阻滞可持续发展，而且导致了全球气候变化的问题。

第二种是环境灾难的跨国风险转嫁和毒性漂移。跨国公司享有新自由主义企业的豁免权，秉持利益至上的原则，把具有环境污染的企业开设在不发达国家，远离本土，免除环境法的重罚。此过程释放出慢暴力，使当地人民遭受"外国负担"的环境风险。一旦发生重大环境灾害，就通过消耗、分离机制，削弱那些寻求补偿、补救和恢复健康和尊严的环境正义运动。这种缓慢的暴力很难让人关注到，尼克森以印度博帕尔毒气泄露事件和切尔诺贝利核事故的例子做了说明。无论是博帕尔毒气泄露事件，还是切尔诺贝利核事故，受伤害者的身体在灾难结束后仍然被灾难挟持，继续承受已不存在的跨国公司或国家所造成的环境伤害，甚至延续到下一代。他们如同被抛弃的机器，对他们

---

① Rob Nixon, *Slow Violence and the Environmentalism of the Poor*, pp. 81, 95.

的赔偿和记忆，在漫长的时间、遥远的空间中被消弭或延迟。环境问题并不单单是环境问题，其中夹杂了经济、政治、法律、流行病学、科技甚至腐败等各种问题。如果单纯地呼吁生态中心主义和回归自然，就会过度简化处理信息和问题，忽视环境问题背后错综的网络，无法看到环境问题的复杂性。一旦未能很好地维护保护性基础设施，减少紧急事故的危害，进行有组织的疏散，贫困和少数族裔群体就会首先遭受灾难，而受到灾难侵害的人会逐渐消失在大众的视野中，处于官方记忆的边缘，很容易在记忆和政策规划中被遗忘。与此同时，风险不会止于本地，毒性物质会随着空气、水和风的流动，四处漂移，扩散到其他地区和国家，使得环境污染、灾害的影响和伤害愈加持久。①

既然慢暴力具有相对的隐蔽性和长期性，那该如何关注慢暴力，并采取相应行动呢？尼克森认为，时空和环境问题的复杂性让人们逐步忘记或漠视这种伤害，但作家-活动家可以使我们看到环境问题背后交织的经济、政治和法律等因素，看到毒性物质对人类身体的侵入和风险的共享。文学作品的悲歌和启示录般的叙事，有助于反击在时间和空间上分散的环境慢暴力，使我们对已发生的环境伤害和未来可能的环境威胁产生双重关注。因德拉·辛

---

① Rob Nixon, *Slow Violence and the Environmentalism of the Poor*, pp. 15, 58, 60, 65.

哈（Indra Sinha）、卡山伟华（Ken Saro-Wiwa）、乔治·阿迪琼德罗（George Aditjondro）、阿卜杜拉赫曼·穆尼夫（Abdelrahman Munif）等人的作品，都很好地呈现了慢暴力与环境问题的错综复杂性。

另一位关注信息处理与生态批评的学者是司各特·斯洛维克，他与心理学家保罗·斯洛维克（Paul Slovic）共同编撰了《数字与神经：数据世界中的信息、情感和意义》（2015），展现了社会科学家、人文学者、新闻工作者和艺术家等对当代各种问题的平行关注和见解。该书从心理认知的视角切入，认识到人类思维的倾向性和潜在的局限性，考察环境认知中"数字—信息—意义—情感—行动"之间的相互联系。数字可以帮助我们了解这个世界，然而心理学家发现，过于庞大的数字和泛滥成灾的信息反而会令人麻木、丧失同情心，让人态度冷漠。即使人们确实理解数字代表的问题，也仍然存在采取行动的障碍。因为庞大的数字过于抽象，其所代表问题的规模超出了人们的认知和情感负荷。尽管信息决定了我们与这个世界的沟通，但科学家和政策制定者发现，数字信息通常无法在听众身上激发有效的行动力量。根据心理学家的研究，信息必须传达影响，才能产生意义并在判断和决策中发挥作用。我们接收信息的形式深刻地影响着我们对"数据"的理解以及对它的相关性、重要性和紧迫性的确定。数字本质上是描述"全局"的手段，而故事和图像能帮我们理解仅凭定量信息无法理解的大型复杂问题。①文学叙事可以传达和翻译数字语言（复杂定量概念），帮助读者、听众、观众克服面对数字和海量信息时的麻木，从而超越庞大数字，关注技术和定量信息并有所行动。许多环境作家与艺术家，如特丽·威廉斯（Terry Tempest Williams）、里克·巴斯（Rick Bass）、桑德拉·斯坦格拉贝尔（Sandra Steingraber）和克里斯·乔丹（Chris Jordan）等，都尝试通过文学或艺术叙事表达对环境问题的理解，激发读者的兴趣和对特定问题的参与，促进读者对所描述问题和现象的依恋。这些作品呈现的正在遭受或经历危机的个人情感，能帮助读者理解抽象的全球环境局势。只有当数字语言和叙事语言结合，将统计数据转化为故事，使定量话语与故事、图像之类的其他模式相辅相成时，数据才能变得更有意义，才能有力地激发人类的情感，并成为人类的道德指南。②简而言之，作家和艺术家的作品，在数字与情感中找到了平衡，能减少我们对信息超载的恐惧，从而更好地理解这个世界；同时从应用层面，它们也可以帮助、促使现行法律和公共政策制定者对环境问题的关注、决策和实施。

---

① Scott Slovic and Paul Slovic, eds., *Numbers and Nerves: Information, Emotion, and Meaning in a World of Data*, Corvallis, Oregon: Oregon State University Press, 2015, pp. 2, 3, 21.

② Ibid, pp. 7–9.

(5)与环境人文学的契合

近年涌起的环境人文学发展迅猛,一些与环境相关的研究机构纷纷转向该领域。欧美的大学相继开设了相关课程,如耶鲁大学、加州大学洛杉矶分校、爱荷华大学等。环境人文学结合了过去40年其他学科业已发展形成的"人文主义视角和方法",如环境哲学、环境史学、生态批评、环境人类学、文化地理学以及围绕政治生态的政治学与城市研究,塑造了自己的跨学科特征,从伦理、文化、哲学、政治、社会和生态视角,以多元的方式促进社会科学、人文科学和自然科学的对话,以期共同合力来解决生态危机。尽管环境人文学中的各个学科研究方向有所不同,但都倾向于各取所长、兼容并蓄,并主张与科学家、激进主义者、政策制定者、城市和区域规划者沟通与合作。

环境人文学认为生态危机是由社会经济、文化差异、历史、价值观和道德框架等造成的,它侧重于研究物质网络的复杂性,倾向于发展一种综合的方法来应对多维的环境危机。这一物质网络包括从本土到全球的文化、经济和社会行为以及政治话语。环境人文学对自然观念、能动性、物质性这些概念进行了重构和延伸。这些概念彼此交织,错综复杂,共同构成了环境的新理论模式,如从鲁曼的系统理论、拉图的行为网络理论、媒介理论到近来的新物质主义、新活力主义、客观导向的本体论、人类-动物研究、人类-植物研究、多物种的人种志研究,都强调了人类的身份和能动性是如何在系统、社群和行动者（包括非人类、物体、物质过程和社会结构）的语境下产生的；人类与非人类是如何相互运作和联结的。以这些理论框架为背景，人文学科和定性研究的社会科学都在重塑"为人"究竟意味着什么？人类的文化和社会意味着什么？①生态系统和非人类物种如何与特定的社会与文化彼此交织、相互运作？

"生态批评、环境哲学、环境史、动物批评研究、怪异生态学、生态女性主义、环境社会学、政治生态学、生态物质主义、后人文主义"可作为环境文学的子领域，有着共通的视域。这些领域的研究存在相当的共识，即"自然世界的伤痕也是社会伤痕，星球的生态危机其实是人类中心主义和二元论世界观的物质和历史产物"。在人类中心主义思维模式下，"自然／文化、人类／非人类、男人／女人、东方／西方、北方／南方、生态／经济等"二元对立的观念随处可见，甚至已趋泛滥。人类中心主义的二元对立"成为经济增长、政治策略、技术发展的驱动力的同时，也对地球生命支持系统造成了伤害。在所有生态危机的根源处，都存在分裂的认识论，这制造了人类与非人类领域在本体论／存在论上分离的幻觉"②。特别是当我们

---

① Ursula K. Heise, Jon Christensen and Michelle Niemann, eds., *The Routledge Companion to the Environmental Humanities*, Abingdon, Oxon, New York: Routledge, 2017, pp. 2–4.

② Serpil Oppermann and Serenella Iovino, eds., *Environmental Humanities: Voices from the Anthropocene*, London: Rowman & Littlefield International, 2017, p. 4.

用具有权威性和显著性的人类尺度来衡量地球和宇宙时，我们对周围世界和整个宇宙的理解度，自然会陷入有限狭隘的时空范围和眼界内。因此，不应简单地将环境问题看作技术问题或成本核算问题，以为仅靠科学技术就可以解决，而应看到其中的文化价值观和影响生态行为的"社会文化意象"。因而在问题的解决上也需要从多维度来努力，如树立生态伦理、批评与反思人类自身的行为、建构新的环境想象、形成新的话语实践等。在环境危机、气候变化不断加剧的今天，人文学科应承担更多的社会责任和生态责任。

从上述环境人文学的研究方向和路径可以看出，作为环境人文学的一个子领域，生态批评不仅吸取了环境人文学中的跨学科意识，而且致力于使环境人文学成为人文学科中的一个重要部分。2017年，生态批评领域的两位重要学者海斯和奥珀曼分别编撰了《劳特里奇环境人文学读本》和《环境人文学：来自人类世的声音》，呈现了环境人文学的发展全貌。海斯侧重于思考叙事、文化如何呈现和塑造环境。奥珀曼则强调对物质生态的思考，认为文化中控制和超分离系统下的思维模式制造了一种人类可以"置身事外"的幻觉，因此阻断了其生存的路径，她主张寻求新的思维模式来改变人类"超笛卡尔主义"的集体意识，走向一种"去人类中心主义"的话语，认识到人类与非人类之间的不可分割性，由此重新思考生命的动态关系，创建和实施一种更为可持续发展的社会行为和道德范式。

生态批评目前的发展趋势

目前，生态批评的第一波、第二波、第三波浪潮并没有结束，而是和第四波浪潮交叉重叠、同时存在，如斯洛维克所言，呈现一个汇流的状态。生态批评既具有学术意义，又能对社会产生积极的影响，它在世界各地迅速发展，日益引起学界重视。尽管生态批评在不同地域与文化中发展不同，但都旨在寻求人与自然之间的平衡和谐关系，以一种恰当的方式保护自然世界，以期建立一个健康的社会。

早期的生态批评并未立足于文学理论的主流，常常处于"边缘化"的境地。虽然目前在彼得·柏瑞（Peter Barry）的《开始理论》（*Beginning Theory*）以及朱利安·伍尔夫雷（Julian Wolfrey）的《21世纪的理论介绍》（*Introducing Criticism at the 21st Century*）中，都有专门的章节介绍生态批评，但主流的文学理论教科书基本都对它避而不谈或一笔带过。究其原因，早期的生态批评自身存在一些问题。首先，生态批评不能充分将自身理论化。普遍有一种错觉：生态批评的理论和生态批评的实践是相冲突的。理论似乎艰涩难懂，缺乏实际意义和价值，与生态激进主义的理想似乎相矛盾。其次，这一研究领域对于来自外部的质疑和批评没能做出有效的回应，同时缺乏积极建构理论的行动。①这些都不利于生态批评的发展。但近十年来，生态批评不断地尝试对理论或方法论的建构，出现了更多明确的研究结构体系和批评方法，创造了一些可行的术语，讨论不再流于浅显。

总体上，生态批评的发展可归结为四个层面。一，在观念上，日益认识到环境问题的复杂性和交叠性，既有星球人文主义的关怀，又有跨国思考生态问题的全球视野，切实关注现实中的环境正义、跨文化和跨民族的环境认知和意识等问题。二，在研究方法上，与环境人文学的主张契合，越来越倾向于跨学科研究，借助其他学科（如心理学、神经科学和认知科学）来发展生态批评研究，并结合各种各样的理论，如女权主义、马克思主义、后结构主义、精神分析、历史主义、流散研究、后殖民主义、人文地理学、后人类研究、新物质主义等，进行自身理论的建构。三，研究对象不断扩大化，从早期的英美文学扩展到世界文学，从自然写作到非自然写作（小说），特别是不再局限于荒野文学，越来越多地涉及气候、城市、农业、食物、身体与环境等题材。除了文学，电影、纪录片和艺术创作等也进入了生态批评研究的视野。四，在研究视角上，开始广泛涉及城市生态批评、环境正义、女性主义生态批评、

---

① Simon Estok, "Theorizing in a Space of Ambivalent Openness: Ecocriticism and Ecophobia," *Interdisciplinary Studies in Literature and Environment*, 2009, Vol.16 (2), pp. 203–225.

后殖民生态批评、动物研究、情感生态批评、人类世生态批评、物质生态批评等。这些研究可以帮助我们更清楚地了解生态如何与社会、历史、文化、政治、经济等问题交织在一起并相互作用，更好地认识到人类与非人类之间微妙、复杂的关系，促使我们思考尺度与行动的问题——作为个体，我们该如何与整个地球、与宇宙相互影响，承担社会责任，重塑生态文明。与此同时，生态批评具有一种政治化色彩，把理论、分析工作与公众参与结合起来。它本身所具有的"即时性、直接性和接触性"使得生态批评家们既在书斋之内，又在书斋之外，逡巡于创作和关心社会之间，在入世和出世之间寻求一种平衡。

目前在中国，王宁、曾繁仁、鲁枢元、王诺以及其他一些年轻学者都从不同角度出发对生态批评进行了拓展研究，但国内大多数关于生态批评的研究还停留在对西方生态批评的第一波浪潮的介绍和方法应用上，发展性批评相对较少。然而，无论古代中国，还是当代中国，都不乏生态智慧和生态思想，像梭罗这样的绿色经典人物，乃至在西方有影响力的深层生态学都曾吸收中国古代的哲学思想。因此，积极发掘中华民族自身所蕴含的生态智慧，特别是古代经典中的生态思想，与西方的生态思想进行对话、交流，必然会为当今生态危机问题的解决提供一种精神资源和思维动势。生态危机的解决需要世界范围内的共同努力。从这个意义上讲，从本土生态批评走向世界生态批评也是未来生态批评努力的方向。

二 美国生态文学现状

谈起生态文学，人们习惯于把它等同于自然文学（或自然写作）。早期生态文学的范围较窄，的确指自然写作（Nature writing）。美国学者托马斯·里昂（Thomas. J. Lyon）曾对此建立了相关的分类法，指出生态文学包括一系列不同类型的作品：地区指南和专业文章、历史随笔、游记、有关自然体验（独居或荒野生活、旅行探险、农场生活）和探讨人在自然中的角色问题的散文等。[①]在里昂的分类中，诗歌和小说等体裁显然是被排除在生态文学之外的。随着生态批评的四波浪潮的发展，学界对生态文学的定义有所扩大，只要是探寻了生态危机的社会根源，传播了生态思想，体现了生态责任、文化批判、生态理想、生态预警和生态审美的文学作品都可以被称为生态文学。它的范围和内涵在内容和体裁上都变得更为广阔，不仅包括突出非人类世界，蕴含环境伦理学/生态学原则的自然写作，还包括具有环境主义意识主导的生态诗歌、生态小说和生态戏剧。这四类生态文学体裁的作品共同促进了美国

[①] Thomas J. Lyon, "A Taxonomy of Nature Writing" in C. Glotfelty and H. Fromm, eds., *The Ecocriticism Reader: Landmarks in Literary Ecology*, Georgia: The University of Georgia Press, 1996, p. 279.

生态文学的形成，使其在当代美国文学中占有重要的一席之地，甚至是一个独有的标签，与美国少数族裔文学、华裔文学、后911文学等成为当代学者研究的热点。

事实上，生态危机的复杂性需要开放和多元的写作形式来表现。生态诗歌（Ecopoetry）、生态小说（Ecofiction）、生态戏剧（Ecodrama）与自然写作形成重要的互补，都是美国生态文学的重要组成部分。它们明确地呈现了当代的问题，更多地关注与日常生活密切相关的话题，但彼此的表现形式和手法有所不同。

自然写作

对于自然写作的界定，比较重要的有美国学者托马斯·里昂（Thomas. J. Lyon）(1996) 建立的分类法和帕特里克·墨菲（Patrick Murphy）(2000) 提出的"自然导向的文学"分类。2010年，大卫·巴恩希尔（David Landis Barnhill）在《审视景观：自然写作的新方法》(Surveying the Landscape: A New Approach to Nature Writing) 一文中提出了生态系统方法，对自然写作进行了多样化的分类，区分了生态系统方法中的不同元素。他把自然写作划分成以下十类：对自然的客观叙述、在自然中的个体体验、自然的社会体验、自然哲学、生态意识、语言哲学、人类哲学、生态社会政治、实践与政策、精神性（灵性）。巴恩希尔的分类既囊括了里昂和墨菲的分类，又有所推进和补充，涵括的内容更加全面和丰富,特别是凸显了自然写作与生态社会政治和实践的问题。除了里昂的分类法中提到的把人类的注意力转向自然,巴恩希尔还强调"把人类的注意力转向心灵对自然的认识,转向家庭、社区和不同文化中发现的与自然的关系,转向对地球及其居民造成的损害,以及转向个人价值观和社会结构中的积极选择"①。生态系统方法强调了文本的内在复杂性,认为"文本不仅仅是各种要素的集合,而是一个综合的网络"。我们应关注到作品中存在的多样元素以及它们之间的关系(即每个要素如何影响和如何受到其他要素的影响),继而更深入地"分析文本的变化和丰富性"②。同时,它认为"通过关注心理、社会、政治和精神层面,可以更好地阐述自然写作的文化意义"③。

自然写作作家对自然有着细致入微的观察、敏锐的洞察力和深刻的认知。他们对环境理念的推进和传播做出了重大贡献。特别是在塑造美国人对环境的看法方面发挥了重要作用。亨利·梭罗是最早的重要的自然经典文学作家。里昂对梭罗的开创性作了如下评价:"梭罗将科学和事实作为超越经验的哲学语境中的有用工具,并以熟练的甚至艺术的散文形式呈现了这一世界观。"他促成了"自

---

① David Landis Barnhill, "Surveying the Landscape: A New Approach to Nature Writing," *Interdisciplinary Studies in Literature and Environment*, 2010, Vol. 17 (2), p. 284.

② Ibid, p. 285.

③ Ibid, p. 289.

然散文作为现代文学形式的可能性"。① 梭罗的创作和自然观对后世的作家和20世纪的环保主义运动都有着极为重要的影响。在梭罗之后，美国作家约翰·缪尔（John Muir, 1838—1914）、奥尔多·利奥波德（Aldo Leopold, 1887—1948）、蕾切尔·卡逊（Rachel Carson, 1907—1964）等又在不同程度上有所发展。如约翰·缪尔倡导保护荒野和推进美国国家公园的建立；利奥波德提出了"土地伦理"观；卡逊曝光和严厉批判了DDT杀虫剂对生态的破坏，促发了现代环保运动，也促使美国国会通过了一系列涉及环境权利的法案。其他的美国生态作家也从不同层面上丰富和发展了自然写作这一体裁，如玛丽·奥斯汀（Mary Hunter Austin）、爱德华·艾比（Edward Abbey）、安妮·迪拉德（Annie Dillard）、巴里·洛佩兹（Barry Lopez）、特丽·威廉斯（Terry Tempest Williams）、洛伦·埃斯利（Loren Eiseley）、爱德华·霍格兰（Edward Hoagland）、约翰·海（John Hay）、格蕾特尔·埃利希（Gretel Ehrlich）、彼得·马西森（Peter Matthiessen）、加里·纳布汉（Gary Nabhan）、加里·斯奈德（Gary Snyder）、安·茨温格（Ann Zwinger）、里克·巴斯（Rick Bass）、罗伯特·菲奇（Robert Fitch）、司各特·桑德斯（Scott Russell Sanders）、温德尔·贝里（Wendell Berry）、艾温·蒂尔（Edwin Way Teale）、迈克尔·波伦

---

① Thomas J. Lyon, *This Incomparable Land: A Guide to American Nature Writing*, Minneapolis: Milkweed, 2001, p. 71.

（Michael Pollan）、威廉·毕比（William Beebe）、亨利·贝斯顿（Henry Beston）、约翰·巴勒斯（John Burroughs）、约瑟夫·克鲁奇（Joseph Wood Krutch）、厄修拉·勒古恩（Ursula K. Le Guin）、苏珊·卢卡（Susan M. Luca）、约翰·麦克菲（John McPhee）、理查德·尼尔森（Richard K. Nelson）、西格德·奥尔森（Sigurd F. Olson）、唐纳德·皮蒂（Donald Culross Peattie）、罗伯特·派尔（Robert Michael Pyle）、西奥多·罗斯福（Theodore Roosevelt）、莱斯利·西尔科（Leslie Marmon Silko）、华莱士·斯泰格纳（Wallace Stegner）、约翰·斯坦贝克（John Steinbeck）、刘易斯·托马斯（Lewis Thomas）。

　　从里昂、墨菲和巴恩希尔对自然写作的分类中，我们可以看到自然写作在美国的变化与发展——当代美国的自然文学和环保主义呈现一种物质转向。它的主题和内容从对纯自然的关注（如荒野）逐渐转向人类与非人类交互的世界，更多呈现了生态的复杂性。在传统自然写作中，除了对自然精微细致的再现和推崇自然的野性外，一个非常凸显的主题就是强调逃离大都市、返归自然、隐居田园，强调自然神性对人类身体、精神和心理的重要性。尤其是在荒野写作中，原始的自然始终是一个分离的、完整的纯净之所。在那样一个自然中，人类可以达到心灵静修，与天地万物融为一体。这种原始地方的纯净和野性活力与城市的混乱污浊和机械刻板形成了鲜明的对比。自然俨然成为人类的"避难所"。但物质自然文学和人类世自然文学①质疑了这一观念。因为在广受人类工业文明影响的世界中，早已没有纯粹的自然，只有人化的自然，因为人类活动的因素，自然已蒙上了人类活动的影子，温室效应、气候变暖已广泛影响全球，奔腾的河流实际是由计算机数据操控的河流。（比尔·麦吉本在《自然的终结》）一书中对此有所论述。）"地球上没有一个空间能够免于人为的毒害"。②无论人类和非人类这两个种类在任何地方生活、劳作、相

---

① 有关自然文学、新自然文学、物质自然文学和人类世自然文学的界定、对比与分析，详见克里斯蒂安·赫默尔松·沃伊（Christian Hummelsund Voie）的博士论文（*Nature Writing of the Anthropocene*, 2017）。此处简要介绍沃伊对物质自然文学和人类世自然文学的区分。沃伊指出："人类世自然文学是由人类世意识积极而持续地塑造的，必须将其理解为对人类和非人类过程持续、复杂和积极纠缠的持续意识，这种意识贯穿于整个文本中的地方描述中。"（2017：14）物质自然文学是人类世自然文学中最具政治性的模式。"它专注于实体和环境的物质性，重视各种尺度的物理体验，关注物质的动态性，因为它认为物质是活跃的，而非惰性的。因此，物质自然文学突出了在各种尺度上塑造环境的过程，从地质的巨大动态到物体细胞之间的微小交换，甚至到细胞内部的化学反应和过程。它特别关注物质跨越边界的运动，例如实体与其环境之间的运动。人类和非人类实体对周围环境的开放性是其核心特征。此外，它也关注存在尺度之间的多孔性，例如，内化到细胞的微量有毒物质如何对整个生物体造成破坏。物质世界被视为以活动、相互渗透、交换和相互作用为特征，存在于所有存在尺度之间，遍及所有存在尺度。"这种尺度之间的多孔性向我们展示了看似遥远的他者是如何卷入环境危机问题的。总体上，它的特征是跨越身体、生态系统、地方和存在尺度的多孔边界的真实物质互动或内在互动。同时，将被忽视者的尊严视为人类世自然文学的明显环保主义特征。（Voie 2017：26、27、33）

② Lawrence Buell, *The Future of Environmental Criticism: Environmental Crisis and Literary Imagination*, Malden: Blackwell Publishing, 2005, p. 41.

爱和饮食，自然都是他们所共有的活生生的环境。"这个'无论何处'涵盖了一个巨大的范围。在毒性环境严重到致死的城市地区，自然是含铅的空气，被学童们吸入体内；在幸存的偏远公园和荒野地带，自然是原始纯净的景观和流域。"①越来越多的自然写作作家开始意识到人与自然的彼此纠缠，"承认自然与文化之间的物质相互作用已经变得极为复杂，对两者进行分离已经没有意义。作家愈发意识到人类对自然影响的广泛性"。人类世自然文学不再是传统的"归隐叙事"，更多的是一种"对抗叙事"②，以再现"被忽视者的尊严"。它提供给读者一种新视角，使读者"对这些生物体在环境中的复杂而动态的嵌入性有所了解"。③在人类世自然文学中，作者们打破了自然-文化或自然-社会的二元对立，不对"原始地方和遭到破坏的地方之间进行划分"，更强调人与自然的交互性和缠绕性。作品中隐含着"人类世意识"，主题也不再集中于荒野叙事，转而关注不同类型的景观，从那些人类影响难以察觉从而需要专门领域的知识才能理解的景观，到大规模人为改造越来越明显的景观。④当这种相互依存、相互关联的生态意识与人类世

---

① Lawrence Buell, *The Future of Environmental Criticism: Environmental Crisis and Literary Imagination*, Malden: Blackwell Publishing, p. 126.
② Christian Hummelsund Voie, *Nature Writing of the Anthropocene,* Ph.D. diss., Mid Sweden University, 2017, p. 2.
③ Ibid, p. 34.
④ Ibid, p. 3.

意识相结合时，自然写作就开始有意识地给予那些受到毒性环境侵害的人类更多的关注。

人类世自然文学的一个显著特点是强调物质的活力，以及生态系统的有机和无机成分的"活力"。它密切地关注生物体与更广泛的环境相联系和相互作用的物理方式。人类世自然作家经常通过对物质自然的描写和对生态系统功能的关注来表现布伊尔在不同的背景下所说的"被忽视者的尊严"。[①] 与传统自然作家追求的精神联系不同，人类世的自然作家更侧重于探索物质上的联系，看重生物多样性、生态系统功能和过程的完整性、物种在人为压力下的持久性，认为身体和景观对物质世界其他部分的活跃过程具有渗透的开放性和相互作用，无论我们是否意识到这一切。人类世自然文学尤其"对人为调动的物质作用进行了追踪，这些作用正在以不可以预测的方式改变着环境，并渗入环境中，而且这种改变和渗入超出了人类动机和控制的范围"[②]。

人类世自然文学代表了美国自然文学的一个新阶段。它重点关注了以下几个层面：一，恐惧景观（指作者对其选择的景观或物种正在发生或即将发生的事情的恐惧）。它"具有双重功能，既将人类塑造为环境破坏的肇事者，又将人类展示为环境退化的受害者。二，生态政治与环境正义

---

① Lawrence Buell, *The Environmental Imagination, Thoreau, Nature Writing, and the Formation of American Culture*, p. 184.

② Christian Hummelsund Voie, *"Nature Writing of the Anthropocene,"* p. 6.

问题。它追溯了环境破坏的各种罪魁祸首,注意到环境危害的影响的多种方式,以及这种影响因财富、种族、国籍和性别而产生的差异。三,慢暴力问题。人类被带到自然文学中前所未有的中心地位,既是慢暴力的肇事者,也是慢暴力的受害者。人类世自然文学倾向于通过强调隐含在读者与环境之间的物质性的跨身体性的网络连接,将隐含在读者与环境之间的联系进行个性化处理。①

生态诗歌

生态诗歌(环境诗歌)是一个相对较新的术语。它既被看作自然诗歌的一个子类别,又被看作对自然诗歌的一个推进和扩大。

特里·吉福德(Terry Gifford)用"绿色诗歌"一词来表示"那些最近直接涉及环境问题的自然诗"②。厄休拉·海斯(Ursula K. Heise)指出,生态诗歌"与更广泛的自然诗体有关,但是可以通过描绘受到人类活动威胁的自然而与之区别开来"③。什么是生态诗歌?约翰·肖普托(John Shoptaw)认为,生态诗歌既需与环境有关,也需内含环境观。首先,一首生态诗歌需以某种方式对非人类的自然世

---

① Christian Hummelsund Voie, *"Nature Writing of the Anthropocene*, p. 37.

② J. Scott Bryson, *The West Side of Any Mountain: Place, Space, and Ecopoetry*, Iowa: University of Iowa Press, 2005, p. 1.

③ John Shoptaw, "Why Ecopoetry?," *Poetry Foundation*, 2016, Vol. 207 (4), p. 400.

界进行全部或部分的描绘，且是真正意义上的，而非仅象征性的描绘。尽管生态诗歌是一种自然诗歌，但它需要的不仅是自然的词汇。自然不仅存在于旁观者的感官中，而且真实存在于现实中。无论是自我意识还是自我反省，一首生态诗歌都必须与自然世界紧密相连，探索自然及其与人类的关系。它的首要原则是以生态为中心，而不是以人类为中心。①其次，"生态诗歌是一种自然诗歌，它尝试推进我们做些什么，想象着改变我们在这个世界上思考、感受、生活和行动的方式"。②伦纳德·西格杰（Leonard M. Scigaj）把"生态诗歌定义为持续强调人类与自然合作的诗歌，这种合作被设想为一系列动态的、相互关联的循环反馈系统"。③司各特·布莱森（J. Scott Bryson）认为生态诗歌"表达了生态系统的复杂、微妙、适应和进化的平衡，展现出文化的健康与美最终都是与自然密不可分的"。④在一定程度上，生态诗歌既继承了传统浪漫主义的传统，又超越了浪漫主义。它突出当代问题，"强调了生态和生物中心主义的视角，认识到世界在本质上是彼此相联和相互依存的；对

---

① John Shoptaw, "Why Ecopoetry?," *Poetry Foundation*, 2016, Vol. 207 (4), pp. 395–396.

② Ibid, p. 408.

③ J. Scott Bryson, *The West Side of Any Mountain: Place, Space, and Ecopoetry*, p. 1.

④ John Elder, "Foreword" in J. Scott Bryson and John Elder, eds., *Ecopoetry, A Critical Introduction*, Salt Lake City: The University of Utah Press, 2002, pp. 3–4.

我们与人类和非人类的关系抱有深深的谦卑，具有把世界看作一个整体社群的意识；并对'超理性'持强烈的怀疑态度，对现代世界的过度技术化持批判态度，对真实潜在的生态灾难提出了警示"。①虽然生态诗歌并没有一个标准的定义，但它们仍然有一个共同点，那就是都摒弃了人类享有特权这一观念，把自然视为与人类平等的有尊严的他者，秉持着人与自然互惠这一原则，寻求人与自然世界的相互依存。

生态诗人希望诗歌"能够挑战和重构读者的认知"。②生态诗人希冀我们既在自然中充分体验生命，同时又承担起对自然的责任与伦理关爱。"只有通过真实地让读者'居住'在自然中，生态诗歌才能在意识上发挥作用，并随后影响人们对世界的思考、感受、生活和行为方式的改变。一个诗人能做的就是帮助读者去感受和想象它。"③目前生态诗歌的主题主要涉及：生态诗人对地方的塑造、生态社群、人口过度、物种灭绝、污染和全球变暖等。有一些诗歌甚至具有"审丑"的美学特征，"着力表现被传统自然诗忽略、遮蔽、排斥甚至打压的

---

① J. Scott Bryson, ed., *Ecopoetry, A Critical Introduction*, Salt Lake City: The University of Utah Press, 2002, pp. 5-6.

② J. Scott Bryson, ed., *The West Side of Any Mountain: Place, Space, and Ecopoetry*, p. 3.

③ "Poetics: Ecopoetry." https://diversepoets.com/2016/01/26/poetics-ecopoetry/.

那部分自然"。① 目前较为重要的选集和生态诗歌研究有：J. 司各特·布莱森编辑的《生态诗歌：一个批判性介绍》（*Ecopoetry: A Critical Introduction*）（2002）和撰写的专著《任何山的西侧：地方、空间和生态诗歌》（*The West Side of Any Mountain: Place, Space, and Ecopoetry*）（2005）以及梅丽莎·塔基（Melissa Tuckey）编撰的专著《幽灵捕鱼：生态正义诗集》（*Ghost Fishing: An Eco-Justice Poetry Anthology*）（2018）。布莱森在《生态诗歌：一个批判性介绍》中囊括了从19世纪的美国诗人沃尔特·惠特曼（Walt Whitman）、艾米莉·狄金森（Emily Dickinson）到20世纪的威廉·莱特（William Wright）、罗伯特·瑞格利（Robert Wrigley）等多位美国诗人，选择了诸位诗人的创作中具有典型生态诗学特征的诗歌。其中，颇具影响力的当代美国生态诗人有：加里·斯奈德、温德尔·贝里、威廉·默温（William Stanley Merwin）、乔伊·哈乔（Joy Harjo）、玛丽·奥利弗（Mary Oliver）等。加里·斯奈德的诗集主要包括：《神话与经文》（*Myths & Texts*）、《偏僻乡村》（*The Back Country*）、《砌石与寒山诗》（*Riprap, and Cold Mountain Poems*）、《观浪》（*Regarding Wave*）、《不动三部曲》（*The Fudo Trilogy*）、《龟岛》（*Turtle Island*）、《斧柄》（*Axe Handles*）、《遗留在雨中：1947年至1985年未发表的

---

① 阎建华：《当代美国生态诗歌的"审丑"转向》，《当代外国文学》，2009年第3期，第103页。

诗》(*Left Out in the Rain: New Poems 1947-1985*)、《没有自然：新诗及诗选》(*No Nature: New and Selected Poems*)、《山河无尽》(*Mountains and Rivers without End*)、《高峰之险》(*Danger on Peaks*)；温德尔·贝里的诗集主要有：《破土而出》(*The Broken Ground*)、《耕种手册》(*Farming: A Handbook*)、《婚姻的国度》(*The Country of Marriage*)、《所言所行》(*Sayings and Doings*)、《空地》(*Clearing*)、《一部分》(*A Part*)、《开放》(*Openings*)、《车轮》(*The Wheel*)、《诗集：1957—1982年》(*Collected Poems 1957-1982*)、《在家中旅行》(*Traveling at Home*)、《生活散记：诗歌》(*Entries: Poems*)、《温德尔·贝里诗歌精选》(*The Selected Poems of Wendell Berry*)、《木材的合唱：1979—1997年安息日系列诗歌》(*A Timbered Choir: The Sabbath Poems 1979-1997*)、《给予：诗歌》(*Given: Poems*)、《今日：安息日诗集》(*This Day: Collected & New Sabbath Poems*)；威廉·默温的诗集主要有：《两面神的面具》(*A Mask for Janus*)、《跳舞的熊》(*The Dancing Bears*)、《野兽遍地》(*Green with Beasts*)、《火炉里的醉汉》(*The Drunk in the Furnace*)、《移动的靶子》(*The Moving Target*)、《扛梯子的人》(*The Carrier of Ladders*)、《写给未完成的伴奏》(*Writings to an Unfinished Accompaniment*)、《林中之雨》(*The Rain in the Trees*)、《雌狐》(*The Vixen*)、《旅行》(*Travels*)、《虱子》(*The Lice*)、《晨前明月》(*The

Moon Before Morning）、《花园时间》（Garden Time）、《天狼星的阴影》（The Shadow of Sirius）、《河流的声音》（The River Sound）、《花与手：1977—1983年的诗歌》（Flower and Hand: Poems 1977-1983）、《罗盘花》（The Compass Flower）、《发现岛屿》（Finding the Islands）、《张开手》（Opening the Hand）；乔伊·哈乔的诗集主要包括：《美国日出》（An American Sunrise）、《什么样的月亮让我变成这样》（What Moon Drove Me to This）、《印第安人的情感宣泄：诗歌集》（Conflict Resolution for Holy Beings: Poems）、《我们如何成为人：新近及精选诗歌，1975—2001年》（How We Became Human: New and Selected Poems 1975-2001）、《她有几匹马》（She Had Some Horses）、《从天而降的女性》（The Women Who Fell From the Sky）、《通往下一个世界的地图：诗歌与传说》（A Map to the Next World: Poems and Tales）、《陷入疯狂之爱和战争》（In Mad Love and War）；玛丽·奥利弗的诗集主要有：《夜晚的旅行者》（The Night Traveler）、《美国原貌》（American Primitive）、《光之屋》（House of Light）、《新诗选：第一卷》（New and Selected Poems: Volume One）、《新诗选：第二卷》（New and Selected Poems: Volume Two）、《白松：诗歌与散文诗》（White Pine：Poems and Prose Poems）、《理想的工作》（Dream Work）、《冬日时光：散文、散文诗、诗歌》（Winter Hours: Prose, Prose Poems, and Poems）、《为何我早早醒来》（Why I Wake

Early)、《天鹅：诗与散文诗》(*Swan: Poems and Prose Poems*)、《一千个清晨》(*A Thousand Mornings*)、《蓝马》(*Blue Horses*)、《幸福》(*Felicity*)、《祈祷：玛丽·奥利弗诗选》(*Devotions: The Selected Poems by Mary Oliver*)。

生态小说[①]

生态小说"将自然写作的关注点和叙事小说的风格融为一体"。作为一种杂糅的文体，"它不像传统的自然写作，寻求单个个体和自然的合一，也不像传统的小说寻求个体和社会的融合。它寻求的是在个体、社会和自然之间一种更为全面的联合感，试图调和个体与社会、个体与自然，呼唤和强调人与地方的一种新型关系。这种关系把人类社会看作自然的一部分，而不视其为独立于外、与自然分离的一部分"。[②]吉姆·德怀尔（Jim Dwyer）在《生态小说实地指南》(*Where the Wild Books Are: A Field Guide to Ecofiction*)里指出："生态小说是一个由现代主义、后现代主义、现实主义和魔幻现实主义等多种风格组成的综合性亚文类类型，存在于主要的主流小说中，如西部小说、神秘小说、浪漫小说和推理小说。推理小说包括科幻小说

---

① 本节关于生态小说的梳理和总结的资料主要来自 Jim Dywer 的 *Where the Wild Books Are: A Field Guide to Ecofiction*。

② N. O'Connell, "Contemporary Ecofiction" in John. Elder, ed., *American Nature Writers*, New York: Charles Scribners Sons, 1996, pp. 1041–1057.

和奇幻小说,有时混合着现实主义。"①迈克·瓦西(Mike Vasey)的定义是:"生态小说以虚构的风景为背景,刻画自然生态系统的本质的故事。它们可以围绕人类与这些生态系统的关系建立,或者完全忽略人类。然而,故事本身将读者带入自然世界,并使其变得生动。理想情况下,景观和生态系统——无论是幻想的还是现实的——都应该尽可能'真实',而且情节的限制应该符合生态学原则。"②

目前的生态小说的主题主要包括:绿色冒险小说、生态女性主义小说、生态激进主义小说、政治生态小说、生态乌托邦小说、与生态有关的科幻小说、抨击工业文明对自然破坏的小说、农业小说(包括田园牧歌和乡村生态防御两类主题)、灾难小说(包括警示与反乌托邦两类主题)等。20世纪70年代,生态小说繁荣起来。从1970年至1979年,约有64部生态小说得以出版。这种迅速的发展源于"人口增长加快和以前无拘无束的土地开发;对越南战争的抵抗与和平运动的发展;反主流文化的绿化;环境运动的普及;女权主义,特别是生态女权主义的兴起;美国原住民和芝加哥人的行动主义;以及'小即是美'的哲学和深层生态学的出现"③。20世纪70年代之后,又出

---

① Jim Dwyer, *Where the Wild Books Are: A Field Guide to Ecofiction*, Reno: University of Nevada Press, 2010, p. 3.
② Ibid, p. 3.
③ Ibid, p. 29.

现了许多新的作家和各种各样的生态小说，如弗兰克·沃特斯（Frank Waters）、艾米丽·巴顿（Emily Barton）、里克·巴斯（Rick Bass）、安·本森（Ann Benson）、道格拉斯·库普兰（Douglas Coupland）、吉姆·哈里森（Jim Harrison）、吉姆·克雷斯（Jim Crace）、詹姆斯·迪基（James Dickey）、瑞奇·杜科内（Rikki Ducornet）、珀西瓦尔·埃弗雷特（Percival Everett）、理查德·格兰特（Richard Grant）、特立尼达·亨特（D. Trinidad Hunt）、理查德·鲍尔斯（Richard Powers）、尼克·阿尔文（Nick Arvin）、丹尼尔·奎因（Daniel Quinn）、约翰·厄普代克（John Updike）、玛丽莲·罗宾逊（Marilynne Robinson）、苏珊·格里芬（Susan Griffin）、戴维·波耶（David Poyer）、约翰·契弗（John Cheever）、埃文·达拉（Evan Dara）、保罗·曼（Paul Mann）、苏西·查纳斯（Suzy McKee Charnas）、艾丽斯·沃克（Alice Walker）、简·斯迈利（Jane Smiley）、唐·梅茨（Don Metz）、道格拉斯·昂格尔（Douglas Unger）、马特·罗夫（Matt Ruff）等。

生态小说以虚构叙事的方式犀利地关注了生态社会、政治和环境正义问题等，如莱斯利·西科（Leslie Marmon Silko）讲述美国白人破坏印第安人生态环境罪行的《死者年历》(*Almanac of the Dead*)和《仪式》(*Ceremony*)；巴巴拉·尼利（Barbara Neely）揭露美国白人向黑人社区倾倒有毒垃圾的环境非正义问题的小说《清洁工布兰奇》(*Blanche*

Cleans Up）；苏珊·盖恩斯（Susan M. Gaines）谈论气候变化的小说《低碳之梦》（Carbon Dreams）；厄休拉·勒奎恩（Ursula K. LeGuin）的《常常回家》（Always Coming Home）等。这些作品从心理、社会、民族、政治和经济等多层面思考了人和自然的关系，同时从后殖民、种族等视角审视了环境正义问题，值得我们关注和研究。因为忽视这些问题，一味地追求生态中心主义，只会导致"生态乌托邦"，而不能真正解决生态危机问题。

生态戏剧[①]

在过去的生态文学研究中，生态戏剧常常是被忽略的一部分。近年来它逐渐受到关注与重视。戏剧学者温迪·阿伦斯（Wendy Arons）指出："人类与环境的关系是一个迫切需要关注的问题，任何从事批评和知识追求的人，包括戏剧艺术家和学者，都能够而且应该解决这个问题。"尤娜·乔杜里（Una Chaudhuri）认为，戏剧必须与生态接触，因为它"有自己的社会严肃性和政治相关性的标准"，并且因为"生态的胜利将需要进行一次深刻的重新评估。在此过程中，艺术和人文——包括戏剧——必须发挥作用"。她认为生态危机是价值观的危机，而"戏剧是生态异化和潜在生态意识的

---

① 此处对生态戏剧的梳理与总结的资料来自Lisa Woynarski的 Ecodramaturgies:Theatre, Performance and Climate Change。

场所","戏剧可以成为急需的生态意识的场所"。①

生态戏剧具体主要指"与生态学有关的表演事件、实践和戏剧作品。这些作品在主题上、经验上和/或表演上,能促使观众(或参与者)通过演出的内容、形式和/或体验,以及观众(或参与者)对生态关系表演的认识来实现生态思考。它囊括不同的形式,包括舞蹈、现场艺术、音乐、装置艺术、电影、戏剧表演、生态行动主义和文字表演"。这些形式和元素与生态产生着关联。表演与生态学"采取了一种以地球为中心的方法,将表演视为更大的世界的一部分,它并不漂浮在物质世界之上,处于某种审美的苍穹之中,而是在一个极其复杂的全球系统中发挥着作用,其中能量、物质和思想相互作用"。"戏剧和表演并不存在于真空中;它们影响着社会生态系统和关系的世界,并受到其影响。生态戏剧通过追问戏剧如何与世界互动来表达这种关系。"②

生态戏剧有以下几个明显的特点:"一,生态戏剧可以提供一些独特的东西,比如颠覆还原性的叙事和图像、体现表演矛盾、删除和想象的可能性;二,生态戏剧可以提供新的思维、感受和观看框架,或者告诉/展示我们当前的生态状况,重新反映盲点和不公正,提出问题,把占主导地位的人类中心主义表现模式视为需要解决的问题;三,

---

① Lisa Woynarski, *Ecodramaturgies: Theatre, Performance and Climate Change*, London: Palgrave Macmillan, 2020, pp. 52–55.

② Ibid, p. 52.

生态戏剧能以富有想象力的方式表达关键的社会政治和生态背景以及问题，特别是涉及气候和环境的不平等和不公正，如体现、揭示和干预在一个气候变化的世界中的不平等。"①作为普通民众，我们可能很难感受到离自己较远的时空内发生的环境变化和环境危机所产生的慢暴力的危害，但文学叙事可以帮助我们去理解，特别是生态戏剧。戏剧的舞台冲突和极富表现力的表演，带给观众的感官冲击和震撼，更能凸显这种危机，展现生态危机的影响，如生态破坏所带来的环境伤害，特别是强调这种伤害背后的权力结构和慢暴力，呈现那些被遗忘、被抹去或边缘化的群体，从而进一步揭示、披露、批判、问题化和延伸对生态关系的思考。

生态戏剧尝试去改变人与自然的关系的旧有范式，从而改变观众的看法。生态戏剧"创造了一个空间。在此空间可以想象一个基于平等、公正的生态原则的未来。其中，公民可以参与和进行集体决策，能相互交谈，并做出他们希望未来如何发展的决定，然后体验未来可能的样态：一个基于低碳生活、循环的生活，而不是基于消费主义和财富积累的生活。生态戏剧可以提供其他方式来看未来，想象一下，我们不接受那些关于不可避免的灭绝的故事可能意味着什么，设想并展望一下我们与其他物种更好地共同

---

① Lisa Woynarski, *Ecodramaturgies: Theatre, Performance and Climate Change*, p. 23.

生活在一起的潜力和可能性"。①

近年来生态戏剧与生态戏剧研究开始逐渐活跃起来。越来越多的生态戏剧作品涌现出来，如洛兰·汉斯贝里（Lorraine Hansberry）的作品《阳光下的葡萄干》（*A Raisin in the Sun*）、贾森·马丁（Jason D. Martin）的《濒危的物种》（*Endangered Species*）、莎妮·伊内洛（Shonni Enelow）的《卡拉和刘易斯》（*Carla and Lewis*）、罗伯特·孔（Robert Koon）的《奥丁的马》（*Odins's Horse*）、丹比·斯旺森（C. Denby Swanson）的《原子农场女孩》（*Atomic Farmgirl*）等。

在研究层面，2004年出版的《被表演的自然：环境、文化和表演》（*Nature Performed: Environment, Culture and Performance*）（Bronislaw Szerszynski et al., 2004）和《表演自然：生态与艺术探索》（*Performing Nature: Explorations in Ecology and the Arts*）（Gabriella Giannachi and Nigel Stewart, 2005）探索了生态学和表演艺术。同年，在加州洪堡州立大学成立了"舞台上的地球"组织，为生态戏剧的创作比赛创造了更多的艺术机会；特蕾莎·梅（Theresa J. May）和拉里·弗里德（Larry Fried）创立了EMOS（一个由艺术家、教育家、活动家和学者组成的联盟，相信戏剧和表演艺术必须应对环境危机），促进了环境交叉学科的对话。阿什登（Ashdenizen）博客2000年至2014年间探讨了

---

① Lisa Woynarski, *Ecodramaturgies: Theatre, Performance and Climate Change*, London: Palgrave Macmillan, 2020, p. 72.

生态"表演的可能性,以改变人们对人类及其与环境、与自然、与非人类的相互依存意味着什么的看法"。[1]这些都促进了生态戏剧及生态戏剧学的发展。

生态戏剧学旨在探究生态戏剧的表演形式,叙事方式,内含的价值观、政治和伦理思想,生成模式和接受状况。戏剧学者特蕾莎·梅于2005年发表了重要的文章《绿化剧院:从一页到另一页的生态批评》。她创造了"生态戏剧学"这一术语,将其描述为"把生态互惠和社区置于戏剧和主题意图中心的戏剧和表演制作"。莫纳汉和贝迪指出:"从生态学的角度来看待戏剧,突出了联系的重要性,人、物、自然力量及其在人类/自然环境中的相互作用。"[2]丽莎·沃纳斯基(Lisa Woynarski)认为,生态戏剧学可以颠覆主流的表现形式。主流的表现形式往往会减少或贬低超人类世界及其对人类的生态影响。生态戏剧则通过激发集体想象力,让我们更深刻地意识到我们的物质根植在何处以及对生态物质世界的责任。[3]

生态戏剧把生态学引入艺术和表演的话语中,也是对今天环境危机的一种典型的艺术反应。与自然写作、生态诗歌和生态小说相同的是,生态戏剧中对人类与非人类的相互关联、相互作用有所展现,也像生态小说那样探索了

---

[1] Lisa Woynarski, *Ecodramaturgies: Theatre, Performance and Climate Change*, p. 58.
[2] Ibid, p. 41.
[3] Ibid, p. 41.

对种族、阶级、性别、非人类他者的剥削和环境不公正问题。但相较于自然写作、生态诗歌和生态小说，生态戏剧的舞台表演所展现出的创造性和想象力更具爆发力和张力。"戏剧和表演让身体参与到生态物质和材料中，从而为身体关系和相遇的思考提供新的框架。"它更形象地展现了复杂的"风险、伤害、罪责和责任的生态之网"①，较容易引发表演者和观众的共鸣，激发观众的生态思考。

综上所述，美国当代的生态文学发展日益多元化，关注的主题和范围越来越包容，形成了一个物质转向，注意到了物质的活力，人与自然的跨身体性、交互性和缠绕性，生态系统的复杂性，以及生态问题与社会问题的复合性和杂糅性。

目前，国内的生态文学研究范围的体裁选择较为单一，主要集中在自然写作上，对生态诗歌、生态小说和生态戏剧的研究较少。②即使是对自然写作的研究，也偏爱传统的自然写作，特别是对"荒野叙事"的研究，对以下类型的文本则有所忽视：一，蕴含生态激进主义和生态自卫思想的作品；二，"有机生态社群叙事"，如反映人与自然、社区环境、土地之间的相互作用关系的文本；三，毒性叙事文本，如毒性环境如何造成自然界的悲剧和人类的悲剧。

---

① Lisa Woynarski, *Ecodramaturgies: Theatre, Performance and Climate Change*, p. 68.
② 特别是生态戏剧，现仅有两部博士论文涉及这方面研究。参杨慧琴的《西方生态戏剧批评研究》，康建兵的《美国生态戏剧研究》。

笔者认为，在环境危机日益恶化的时代，仅仅关注纯自然的荒野叙事已然不够。因为不同叙事题材的文学作品对生态问题的关注点和思考也不同。如有关"为保护生态而有意破坏"的作品实际上是以一种陌生化甚至极端的方式来警醒麻木的大众，人类绝不能再秉持着"唯发展至上"的思想，继续肆意破坏和盘剥自然了。而有机生态社群叙事强调了人作为整个宇宙生命中的一份子，在自然之内，与其他生物的有机联系。这对于我们理解和解决环境危机具有重要的意义。因为只有当我们意识到自己本身也是自然，与其他生物、土地等生活在同一个地球上，我们才会真正理解生态危机和解决生态危机。毒性叙事则从环境学和社会生态学的视角重新审视了自然、城市和乡村景观之间的有机联系，反思了人为造成的毒性污染环境所带来的生态危机和给本土居民带来的公众健康问题。特别是从生态理想和"生态乌托邦"的反面给予我们警醒：在"生态浩劫"之后的毒性世界中，人类能否生存？该如何生存？

因此，对生态文学的研究范围应予以扩充，在题材和体裁的选择上应更加包容。对生态文学的研究视角也应更加多样化。

本书所选择的三位当代美国作家大卫·增本、特丽·威廉斯、司各特·桑德斯是"农业叙事""毒性叙事"和"有机社群叙事"的典型代表，同时他们的作品中也蕴含着"生态怀旧叙事"。笔者的研究尝试提供一种新的研究路径。

第三章　人类世时代的生态怀旧

怀旧是当代社会和社会理论中的一种重要情感。自16世纪以来，它一直被看作比较负面的消极情感，直到20世纪才有所改观。怀旧经历了从疾病到情感的认识上的变化，涉及病理学、心理学、生理学、解剖学、社会学、文化和政治学等一系列的发展和认知。

怀旧最早被视为顽固的、不情愿改变和接受的一种认知状态，特别是当这个世界被认为是危险的、令人困惑的、不可理解的时候，就会出现怀旧。正如弗莱德·戴维斯（Fred Davis）在《怀念昨日：怀旧社会学》一书中提到的，"怀旧更像是一种朦胧的情感，当看到即将到来的变革的黑暗正在侵蚀时，它就会生根发芽"[1]。怀旧看似是倒退的、过时的甚至是反动的，但是怀旧其实是一直与我们同在的。它是人类生存的一种常态，因为如果没有对过去的故事的一种渴望，那现在和未来就毫无意义，所以无论怀

---

[1] Fred Davis, *Yearning for Yesterday: A Sociology of Nostalgia*, New York: Free Press, 1979, p. 110.

旧是消极的还是积极的，都一定会长期地存在。①20世纪80年代起，对情感研究感兴趣的社会科学家越来越多，然而他们的研究多集中于对诸如恐惧、爱、信任、羞耻、内疚、愤怒、嫉妒等情绪的研究，忽视了怀旧这样一种情绪。近年来怀旧逐渐引起社会科学和人文学科学者的关注。社会学、心理学、人类学、历史学、文学、政治学、商业研究中发现，怀旧既关涉到个人的行为和情绪，又包含了正在发生的文化变迁。②本章对怀旧的历史和发展变化、怀旧的主要特质与类型进行梳理，并在此基础上指出人类世时代生态怀旧的内涵以及它的政治意义和伦理意义。

一 怀旧的历史与发展：从疾病到情感的内涵转变

自古希腊荷马史诗《奥德修纪》起，怀旧在文学中就不是一个陌生的主题，但怀旧一词的正式出现是在1688年。当时瑞士的巴塞尔医学院的学生约翰内斯·霍弗创造了怀旧（Nostalgia）这一术语。他在《关于怀旧的医学论文》（*Medical Dissertation on Nostalgia* by Johannnes Hofer）中，把希腊词汇Nostos（返回故土）和Algos（痛苦或悲伤）糅合在一起，用以代指一种大脑的疾病，而这种疾病的源头就是

---

① Michael Hviid Jacobsen, *Nostalgia Now: Cross-Disciplinary Perspectives on the Past in the Present*, New York: Routledge, 2020, p. 1.
② Ibid, pp. 1–2.

远离家乡的个人由于过度思念故土、渴望回归故土而引发的悲伤情绪。[1]霍弗首次用医学诊断的方式叙述了怀旧的生理和心理症状,认为情感上的痛苦是怀旧的内在属性。他认为这种情绪产生于大脑所受的一种折磨,表现为"动物精神通过那些中间的大脑纤维而发出的相当持续的振动,这些纤维中留有印象深刻的故土思想的痕迹"。[2]例如,根据霍弗的研究,患有"怀旧病"的个体会表现出更具体的症状和诊断标志:持续的悲伤,只想着故土,睡眠障碍(不管是清醒时还是连续睡眠时)、体力下降、饥饿、口渴、感知减弱,甚至心悸,不停地叹息,心灵变得迟钝——除了念着故土,几乎什么都不关心。[3]根据霍弗的说法,怀旧作为一种疾病有一种强迫性的维度,因为它"只关注回归故土"。[4]幸运的是,尽管具有严重性和可能的致命性,他仍然相信这种疾病确实是可以治愈的,"如果能够给予适当的治疗……受折磨的想象力必定得到纠正,症状必定得到缓解"。[5]

1731年,德裔瑞士医生约翰·余赫泽(J. J. Scheuchzer)也把怀旧看作一种疾病,认为它"是由于患者经历了大气

---

[1] Johannes Hofer, "Medical Dissertation on Nostalgia by Johannes Hofer, 1688," Translated by Carolyn Riser Anspach, *Bulletin of the Institute of the History of Medicine*, 1934, Vol. 2 (6), pp. 380–381.

[2] Ibid, p. 384.

[3] Ibid, p. 386.

[4] Ibid, p. 387.

[5] Ibid, p. 388.

压力的急剧变化，体内压力过高，血液从心脏输送到大脑，从而产生的可见的情感痛苦"。①弗莱德·戴维斯之后，很多研究②都从病理学的角度对怀旧进行了研究。如巴伦·劳瑞（Baron de Larrey）(1823)、德维特斯·彼得斯（De Witt C. Peters）(1863)、费尔南德·帕皮伦（Fernand Papillon）(1874)等认为怀旧是一种生理异常、精神失常，或者轻微的精神错乱；1909年，卡尔·贾斯伯（Karl Jasper）把怀旧界定为一种病态，认为它根植于大脑，导致人们脱离现实和招致身份危机，甚至导致暴力和自杀；怀旧情绪是导致想象能力紊乱的催化剂。这种不正常的现象是由于对回到理想化的家园的执著观念造成的。康克林（Conklin）(1935)、艾萨克·弗罗斯特（Isaac Frost）(1938)、麦卡恩（W. H. McCann）(1940)等也都从病理学和心理学的角度剖析了怀旧。③医学上对这个话题的兴趣大多围绕着远离家乡从而渴望回家的士兵。随着20世纪初心理学领域的发

---

① Fred Davis, *Yearning for Yesterday: A Sociology of Nostalgia*, New York: Free Press, 1979, p. 2.

② 此处对怀旧的历史梳理主要来自Lukasz D Pawelek于2015年的博士论文 *The Role of Nostalgia in the Literature of the Caribbean Diasporas-Linking Memory, Globalization and Homemaking*；Clay Routledge于2016年出版的 *Nostalgia: A Psychological Resource.The Role of Nostalgia*；Michael Hviid Jacobsen于2020年出版的 *Nostalgia Now: Cross-Disciplinary Perspectives on the Past in the Present*。关于怀旧的历史沿革和现代发展，详见上述著作。

③ Lukasz D Pawelek, *The Role of Nostalgia in the Literature of the Caribbean Diasporas-Linking Memory, Globalization and Homemaking*, Ph.D. diss., Wayne State University, 2015, pp. 9-10.

展，来自精神分析传统的心理学家认为怀旧类似于抑郁症。心理学家们延续了将怀旧视为一种疾病的传统，但他们并不认为怀旧一定是身体的疾病，而认为那是一种心灵的失调。怀旧被视为"几个世纪以来的一种心理疾病"。[1] 精神分析学家罗德里克·彼得斯（Roderick Peters）倾向于认为，人们可能会对任何象征着他们所怀念的过去的事物产生怀念之情。[2] 然而，随着对其他疾病（如抑郁症）的诊断，怀旧逐渐从医学词典中消失，开始出现在其他非医学领域。[3] 人们渐渐不再把它和病理学与精神混乱联系起来，认为它是一种需要医生治疗的疾病，而把它看作一种正常和普遍存在的情感体验，对理解日常生活与社会非常重要。

20世纪中期，怀旧不再限于对故乡或祖国的渴望，而是转变为广泛产生的一种对美好过去的渴望。对怀旧的看法逐渐发生了转变。到了20世纪末，对大多数学者来说，怀旧不再是一个与思乡等同的概念。学者们对怀旧的对象和内容，怀旧与哪些情绪状态有关进行了深入的探究，也开始看到怀旧的积极意义及其所产生的积极情感体验。

---

[1] Constantine Sedikides, Tim Wildschut, Jamie Arndt and Clay Routledge, "Nostalgia: Past, Present, and Future," *Current Directions in Psychological Science*, 2008, Vol. 17, p. 307.

[2] Clay Routledge, *Nostalgia: A Psychological Resource*, New York: Routledge, 2016, p. 5.

[3] Michael Hviid Jacobsen, *Nostalgia Now: Cross-Disciplinary Perspectives on the Past in the Present*, p. 9.

心理学家（Castelnuovo-Tedesco，1980；Kaplan，1987；Werman，1977）等开始把怀旧看作一种苦乐参半的情感。他们认为怀旧不只是一种类似于抑郁症的不愉快的情绪状态，它也可能是一种愉悦的感觉，比如对过去的愉快回忆。而这种反思或理想化过去的经验和状态，可以使人获取此刻的积极感受。当然，因为人无法回到过去，怀旧也包括一种失落感和渴望。[①]戴维斯（1979）从社会学的角度对怀旧情绪提出了积极的看法。他提出，怀旧有助于人们应对重大的生活变化或不连续的经历，"鼓励人们对以前的自己采取欣赏的态度，排除不愉快的记忆，从积极的角度重新解释早期自我的边缘的、逃亡的和古怪的方面，以及建立一个人的传记基准"。[②]临床心理学家也开始发现怀旧是一种健康的心理，可能带来治疗的益处，如玛丽·米尔斯（Marie Annette Mills）和彼得·科尔曼（Peter G. Coleman）（1994）断言，怀旧的回忆有助于重塑患有痴呆症的老年人的身份感。丹·赫兹（Dan G. Hertz）（1990）认为，怀旧可以帮助人们应对创伤。今天许多心理学家认为怀旧这种情感具有调适目的，是一种有效的心理资源。[③]它"具有积极的影响，如提高社会联系，促进健康的应对技能、乐观和利

[①] Clay Routledge, *Nostalgia: A Psychological Resource*, p. 6.
[②] Fred Davis, *Yearning for Yesterday: A Sociology of Nostalgia*, pp. 44–45.
[③] Clay Routledge, *Nostalgia: A Psychological Resource*, p. 6.

他主义"[1]。此外，怀旧还被消费资本主义利用，成为一种营销策略，广泛应用到商业领域中以推销商品，或者成为西方政治家获取政治支持的工具。一些当代学者也批评"怀旧政治是一种消极或倒退的社会力量，怀旧是一种描绘当前不必要的黯淡画面的东西，是一种指向后方而不是指明前方道路的东西，是一种威胁开放、多元文化、全球化和自由民主社会理念的东西"。[2]

总体上讲，到20世纪末，人们对怀旧有一个重新的认识。尽管对怀旧依然有一些负面的评价，但与以往不同，人们不再把它看作一种疾病，而是将其视作一种情感，肯定了怀旧积极的一面，至少把它视作"一种良性的和感伤的情绪，是日常生活的正常组成部分"。蒂凡尼·史密斯（Tiffany Watt Smith）如此评论道："在不到一个世纪的时间里，从致命的疾病到健康的消遣，怀旧不再是过去的样子。"[3] 今天的怀旧——无论是个人的还是集体的——通常可以被看作一种与许多不同类型的损失有关的情感，无论是文化上的、个人的、道德上的还是其他的。对怀旧的研究也逐渐涉及心理学、哲学、社会学、商业、政治、文学等领域，越来越多的研究展现了怀旧的内涵的丰富性。

---

[1] Michael Hviid Jacobsen, *Nostalgia Now: Cross-Disciplinary Perspectives on the Past in the Present*, p. 34.
[2] Ibid, p. 16.
[3] Ibid, p. 7.

二 怀旧的主要特质与类型

怀旧是一种复杂的情感依恋,具有多形态、多维度的特质。

首先,怀旧蕴含着内在的情感张力(矛盾)。它既可以是"愉快的情感体验,充满了美好的、快乐的和温暖人心的回忆,也可以是折磨人的、令人沮丧的、痛苦的和无用的提醒"。怀旧常常被描述为一种"苦乐参半"的情感,因为它包含和体现了痛苦与快乐、悲伤与愉悦等截然相反的情感。"苦与甜、失与得、远与近、新与熟、缺与在",这些看似对立的元素巧妙地融合在怀旧情感之中,明确地提示着我们:回忆中的过去是快乐和美好的,现实是认识到无法回到过去而产生的忧郁和沮丧。①

其次,怀旧是一种积极和消极并存的情感。"怀旧具有双刃本质——它同时具有消极、倒退、有问题的可能性,以及积极、进步、有前途的可能性。"②

再次,怀旧是个人性、社会性和文化性的集合体。怀旧既属于个人的情感和经验领域,又是一种社会共享和文化负荷的现象。弗雷德·戴维斯指出,"尽管怀旧是私人的,有时是强烈的个人性格,但它也是一种深刻的社会情

---

① Michael Hviid Jacobsen, *Nostalgia Now: Cross-Disciplinary Perspectives on the Past in the Present*, pp. 17-18.

② Ibid, p. 19.

感"①。自20世纪70年代起，怀旧已从最初的疾病身份转换为一种深刻的情感，甚至一种文化现象。何塞·迪克（Jose van Dijck）认为怀旧是"个体体现"和"文化嵌入"结合的产物。它是我们可能单独和/或集体感受到的东西，但它总是在特定的历史、文化和社会环境中展开的。②

总体上，怀旧在某种程度上意味着对所"失去"或"逝去"的渴望。正如布莱恩·特纳（Bryan S. Turner）所说："无论是个人的还是集体的怀旧，是文化上的、个人的、道德上的怀旧，还是其他类型的怀旧，都是一种与许多不同类型的损失有关的情感。"③它的主体内容涉及多个层面：政治怀旧、个人怀旧、经济怀旧、宗教怀旧、文化怀旧、技术怀旧、生态怀旧等。④

怀旧研究领域中的两位重要学者弗雷德·戴维斯（F. R. Davis）和斯维特拉娜·博伊姆（Svetlana Boym）在各自的经典之作《怀念昨日：怀旧社会学》（*Yearning for Yesterday: A Sociology of Nostalgia*）、《怀旧的未来》（*The Future of Nostalgia*）中对怀旧的类型进行了划分。

弗雷德·戴维斯把怀旧分成"简单型""反身型"和"解释型"。简单型怀旧通常是多愁善感、未经深思熟虑的

---

① Fred Davis, *Yearning for Yesterday: A Sociology of Nostalgia*, p. vii.
② Michael Hviid Jacobsen, *Nostalgia Now: Cross-Disciplinary Perspectives on the Past in the Present*, p. 10.
③ Ibid, p. 9.
④ Ibid, p. 10.

想法，直觉认为过去比现在好，依靠对过去的美好回忆，而不是批判性地质疑记忆的有效性或真实性。反身型怀旧更具批判性，考虑到一个人记忆的准确性、完整性和代表性，关注过去在记忆的过程中经常被改变的方式。解释型怀旧更进一步，通过询问为什么一个人会感到怀旧以及怀旧的过程是怎样的，最终促使批判性的自我意识的产生。①

斯维特拉娜·博伊姆提出了"修复型"怀旧和"反思型"怀旧。修复型的怀旧"强调怀旧中的旧，提出重建失去的家园和弥补记忆中的空缺，表现在对于过去的纪念碑的完整重建"。反思型的怀旧"注重怀旧的怀，亦即怀想与遗失，记忆的不完备的过程"，其表现是"在废墟上、在时间和历史的斑斑锈迹上、在另外的地方和另外的时间的梦境中徘徊"。② 修复型怀旧对待自身十分严肃，强调的是过去的价值，把过去看作一个镌刻在记忆中的完美的高光时刻。而反思型怀旧则可能是讽喻的和幽默的。它清晰地意识到人的有限性和过去的不可返回性，继而从时间的维度和历史的维度来反思过去。这种反思不是一种静态的回忆，更多的是指向新的可塑性。"修复型的怀旧唤起民族的过去和未来，倾向于集体的图景象征和口头文化；反思型的怀旧更关注个人和文化的记忆，倾向于个人的叙事，这样的叙事品味细节和纪念性的标记，永

---

① Fred Davis, *Yearning for Yesterday: A Sociology of Nostalgia*, pp. 18–24.
② ［美］斯维特兰娜·博伊姆：《怀旧的未来》，杨德友译，南京：译林出版社，2010年，第46-47页。

远延缓还乡本身。如果说修复型的怀旧最终是重建家园和故乡的徽章和礼仪，以求征服时间和以空间展现时间，那么反思型的怀旧则珍惜记忆的碎块，并且以时间来展现空间。"反思型怀旧揭示出怀想和批判性思维不是相互对立的，因为感人的记忆不会令人脱离同情、判断和批判性反思。反思型怀旧并不贪图重建被称为家园的神话式的地点，它"热衷于距离，而不是所指物本身"。这一类型的怀旧叙事是讽喻的、非终结的、片段的。因为反思型怀旧者看到曾经的家园现在要么是废墟状态，要么被修葺、美化得面目全非。此家园非彼家园。这种现在与过去之间的沟壑，使得他们深刻地意识到无论如何修复，都不可能再回返之前的家园。这种由过去与现在的巨大差异所造成的"陌生化和距离感驱使他们讲述自己的故事，叙述过去、现在和未来之间的关系。过去不是按现在的形象构成，也不可以视为预示某种现在的灾难；更可以说，过去展现出历史发展的多重潜力、非目的论的机遇。反思型的怀旧具有一种能力，可以唤醒意识的诸多层次"。①在博伊姆看来，"反思型的怀旧具有哀悼和忧郁这两个因素。虽然损失从来不能完全追溯，却总是和记忆的集体性架构的丧失有某种联系。反思型怀旧是一种深层哀悼的形式，它通过深思的痛苦，也通过指向未来的游戏发挥悲痛的作用"。②

近来学者迈克尔·雅各布森（Michael Hviid Jacobsen）

---

① ［美］斯维特兰娜·博伊姆：《怀旧的未来》，第55-56页。
② 同上，第62-63页。

梳理并区分了"过去导向""现在导向"和"未来导向"的怀旧。[①]"过去导向"指的是传统的回顾式怀旧，这种怀旧既存在于真实的过去也存在于想象中的过去，比如童年（或者在精神分析的语境中代表着希望回到子宫）；"现在导向"被描述为一个人在不能适应当前环境时的反应和感受。它可能是由不安全感、内疚感或生活中失去的经历触发的。"未来导向"的怀旧看起来矛盾，实则以预期、未来的愿望、意图、目标导向等为其实质内容，基于自我是一个形成过程的理念——通过展望未来而不是仅仅停留在过去来引导生活。通过这种方式，怀旧可能与对记忆和时间的不同理解和使用有关，如果仅仅将怀旧缩小到对从前的回顾和面向过去，就可能降低它的解释和探索潜力。他还区分了"政治/意识形态和非政治/现象学/存在主义的怀旧"。非政治的/现象学的/存在主义的怀旧用以指对社会生活的非政治领域的怀旧（例如，对过去的个人经历的美好回忆，既不会导致政治动员，也不包含任何煽动意识形态的内容）。相反，政治/意识形态类型的怀旧是由社会中的强大团体刻意追求，以创造一个集体的情感泡沫或社会骚动，从而引发所期望的社会变革。政治类型的怀旧显然是一种集体努力，在其具体的政治或意识形态纲领中可能会将"简单型""反省型""解释型""恢复型"或"反思型"

[①] Michael Hviid Jacobsen, *Nostalgia Now: Cross-Disciplinary Perspectives on the Past in the Present*, p. 12.

怀旧混杂为一体。①

综上所述，我们可以看到怀旧作为一种由失去的感觉或经历触发的情感所包含的复杂性和多样态，也可以看到怀旧中个体与文化和社会的杂糅性。

三 人类世时代生态怀旧的内涵及其政治与伦理意义

人类世

2000年，大气化学家、诺贝尔化学奖得主保罗·克鲁岑（Paul J. Crutzen）首次提出地球进入"人类世"②的观点。2002年，克鲁岑和尤金·施特默（Eugene F. Stoermer）在《自然》杂志上发表《人类地质学》(Geology of Mankind)一文，人类世概念从此得到广泛关注和接受。之所以引起广泛关注，是因为人类在全新世时期，并未明显改变全球的气候和生态环境。然而，自人类世时代起，人类对地质形成、地球生态以及自身生存产生了决定性的影响，甚至有可能造成临界的危险状态。

人类世可以被看作一个地质时代，也可以简要定义为"人类对环境造成的所有破坏的总和"。地理学家诺埃

---

① Michael Hviid Jacobsen, *Nostalgia Now: Cross-Disciplinary Perspectives on the Past in the Present*, pp. 12–13.

② Anthropocene目前有三种译法：人类世、人新世、人类纪。其中，"人类世"与"人类纪"使用较多，本书统一使用"人类世"。

尔·卡斯特里（Noel Castree）将其潜力总结为"可以向非科学家展示全球生物物理变化的绝对规模"。①生态批评学者蒂莫西·克拉克（Timothy Clark）进一步阐述了人类世的这种功能，认为人类世这一术语可用于描述环境问题所涉及的文化、伦理、美学、哲学和政治层面的所有新情况和要求，而这些环境问题确实是星球尺度之上的，如气候变化、海洋酸化、人口过剩的影响、森林砍伐、土壤侵蚀、过度捕捞以及生态系统的一般退化和加速退化。②

关于人类世何时开启，学者们有不同的看法。克鲁岑和施特默最初提出人类世始于18世纪末工业革命的开端。其他人则认为，人类世的开始应更早，始于大约七千或八千年前农业的发展。不过有证据显示，在人类开始大量燃烧化石燃料之前，人类的影响还不足以破坏地球系统的稳定。近来，扎拉斯维奇等学者认为1945年是一个"大加速"的开始，明确地给地球系统造成了巨大影响。地球科学家宣称地球现在正进入一个新的地质时代，即"灵生代"或"人类世"。③目前，大气化学、气候学、海洋学、地质学、历史学、社会学等多个学科都对人类世这一概念进行

---

① Timothy Clark, *Ecocriticism on the Edge*, London: Bloomsbury Publishing Plc, 2015, p. 2.

② Ibid, p. 2.

③ Clive Hamilton, Christophe Bonneuil and François Gemenne, eds., *The Anthropocene and the Global Environmental Crisis: Rethinking Modernity in a New Epoch*, New York: Routledge, 2015, p. 1.

了探索和发展,从自然科学、人文科学和社会科学共同展开了思考。

克莱夫·汉米尔顿(Clive Hamilton)指出了三个维度上的人类世定义:一,提出了一个新的地质历史区间。不过根据地层学定义,迄今为止,人类世(地质学)只是一个潜在的地质时代,尚未得到正式确认。地质学家需要花几年甚至几十年的时间在沉积物和岩石中找到确凿的证据来确认。二,展现了地球系统科学。它围绕地球共同的复杂系统视角,汇集了广泛的学科专业知识(气候学、全球生态学、地球化学、大气化学、海洋学、地质学等)。它比地质学更广泛地看待地球的变化。这一跨学科视角将地球视为一个完整的实体,认为地球作为一个系统正在经历一个转变,从全新世进入一个新的人类世状态,具有深远的影响。三,人类世描述了人类对地球的影响,其概念更广泛,包括地貌变化、城市化、物种灭绝、资源开采和废物倾倒,以及氮循环等自然过程的破坏。在这个用法中,人类世代表了人类与自然世界的关系的一个急剧变化的临界点。它反映了人类物种与自然世界的关系的质量的逐步变化。[①]

综上所述,我们可以看到,在人类世时代,人类对整个地球生态系统带来的严重危机已经达到了前所未有的规

[①] Clive Hamilton, Christophe Bonneuil and François Gemenne, eds., *The Anthropocene and the Global Environmental Crisis: Rethinking Modernity in a New Epoch*, pp. 2-3.

模,甚至越界。气候变化、海洋酸化、人口过剩的影响、森林砍伐、土壤侵蚀、过度捕捞以及生态系统的一系列退化问题,带给当下的人们无限的焦虑。这种生态焦虑激发了人们的不安,甚至惶恐。我们对所呼吸的空气、所饮用的水、所吃的食物这些人类赖以生存的资源的安全问题,都处于一种极度不安的关注中。弗雷德·戴维斯指出,"怀旧尤其发生在以当下的恐惧、不满、焦虑和不确定性为标志的时代"。[①]生态怀旧的产生正是对自然的渴望、对田园生活的渴望、对清新空气和洁净的水以及无污染的环境的一种诉求,特别是工业文明下的焦虑和异化的生存状态,更加导致了人们的生态怀旧。它既可以缓解人们的焦虑,又可以敦促人们对生态危机问题进行反思,并寻找契合当下、符合生态理性的生存方式。

生态怀旧

怀旧一般指对回不去的时间和空间的渴望,但笔者认为生态怀旧包含的范围更广:不只是对失落之地和过去的时光的怀旧,更是对健康生态的怀旧。这种健康生态包括:生态系统的健康;人自身的健康;人与自然、人与他人的关系的健康。在工业化和资本化的过程中,这种健康逐渐失去,如生态物种的多样性的丧失,物种变得逐渐单一化;

---

① Fred Davis, *Yearning for Yesterday: A Sociology of Nostalgia*, p. 34.

毒性环境对人身体的戕害，导致癌症多发趋势；人与自然、与他人之间的关系的异化，表现为对自然的控制、占有与盘剥，对他人和整体社群的疏离与漠视。此外，值得一提的是，在生态怀旧中，人们有时失去的未必是实体的地方。从身体上讲，人们并未离开自己的故乡，身在此处，但却失去了熟悉的健康的地方。"矿藏开采、核事故、伐木、水污染、温度升高或物种灭绝和入侵都将熟悉的环境变成了陌生的地方。在这种情况下，时间的流逝意味着空间的分离"。正如格伦·阿尔布莱希特（Glenn Albrecht）所说："在环境崩坏的时代，人们无需离开故乡而思乡。"[①]

生态怀旧是一种"复合的情感"，在生态怀旧中，杂糅了各种复杂的情感——如甜蜜、哀婉、愤怒、痛苦、失落和悲伤等。其中有创伤性经历，也有愉悦美好的经历。在当前生态危机和生态灾难层出的背景下，我们应看到生态怀旧的建构力量与伦理意义。一方面，它可以鼓励人们采取革新的行动，重新修复被摧毁的地区和凋敝的土地。[②] 另一方面，它鼓励我们去重新看待自然，以及我们与自然的关系，并重新思考自然与文化之间的关联。"对生态怀旧的探索要求我们采取一种多物种的方法，考虑生命和死亡时要把与人类世界相联系的生物有机体囊括入内。""在受损

[①] Olivia Angé and David Berliner, eds., *Ecological Nostalgias: Memory, Affect and Creativity in Times of Ecological Upheavals*, p. 5.

[②] Ibid, p. 7.

的环境中，渴望把人类、植物、动物、祖先和通过身体交流联系在一起的广泛的地球有机体聚集在一起。""世界在本体论上并不是一个有别于人类社会的'自然'，而是一种涉及一系列生物的异质关系的结构。"①

总体上，我们可以看到生态怀旧情感的复杂性和杂糅性。笔者将生态怀旧的特征归纳为以下几个层面。

一，生态怀旧具有积极的社会功能。弗雷德·戴维斯在其著作《怀念昨日：怀旧社会学》里提到，"怀旧情感"实际上是我们的审美体验的组成部分。它在语言中主要起着以某种模糊的、模仿的同型/同构替换它旨在唤起的情感或心情的作用。它从个人的怀旧情感经历可以延展到公众情感的共鸣和社会共享。这种情感内涵和力量可以塑造公众正向的情感力量或导向，敦促我们每一个人作为生态公民保护未损毁的自然，修复和改善已被破坏的环境，为共建一个美好的生态社会而贡献一份力量。

二，生态怀旧有着积极的批判精神和行动导向。它不是一种多愁善感的自怜自艾，而是一种强有力的情感力量，其中蕴含了激烈的批判和抵抗精神，具有颠覆性潜力。它是"在一个正被摧毁的世界建构生存的方式，同时在本地积极地抵抗这种摧毁"②。它对人类世时代，特别是资本纪时

---

① Olivia Angé and David Berliner, eds., *Ecological Nostalgias: Memory, Affect and Creativity in Times of Ecological Upheavals*, p. 5.

② Ibid, p. 8.

代的廉价自然观、不恰当的消费观、工具主义理性观、人类中心主义、农业资本主义的工业化和产业化等，都进行了反思和有力的批判。与此同时，作家们的生态怀旧叙事中蕴含着对生态消费伦理的呼吁、对土食主义和扎根脚下的地方观的倡导等。

三，生态怀旧具有未来导向。特别是在生态怀旧叙事中，常常蕴含着一种"预期型怀旧"。近来的研究表明：现在也可以成为怀旧的对象。克里斯蒂娜·巴乔和西姆兰·希克（Krystine I. Batcho and Simran Shikh）把它界定为预期型怀旧（Anticipatory Nostalgia），即在"现在的某些方面"消失前怀念现在，也就是在精神时间上的旅行，一个人站在未来的某一个高度来想象现在。[①]针对现在还有、未来可能不在的"健康生态"，生态怀旧所展现的生态渴望、生态焦虑和担心，为我们提供了一幅图景，敦促我们去保护现有的仅存的生态健康，重建和修复凋敝萎缩的自然。正如司各特·斯洛维克所言，"通过设想可能的失去，可以迫使我们行动起来，阻止可预见的失去的发生。它并不简单地把所有形式的失去都看作人类存在或过程中不可避免和不可逆转的部分。通过特定的文学技巧，可以驾驭怀旧的情

[①] Krystine Irene Batchoand Simran Shikh, "Anticipatory Nostalgia: Missing the Present before it's Gone," *Personality and Individual Differences*, 2016, Vol. 98, p. 75.

感来促使读者采取保护行动"①。

四,生态怀旧有助于塑造个人和集体的生态意识,推进生态情感教育,重建我们的生态认知和树立起合理的生态观。生态作家的怀旧叙事让我们认识到人类与其他物种之间的亲密关系和我们对其他物种的责任。

在美国的生态文学里普遍具有生态怀旧的情感。本书选取了三位代表性作家——大卫·增本、特丽·威廉斯、司各特·桑德斯进行研究。在这三位作家的叙事中,修复型怀旧和反思型怀旧融合在一起。他们的作品中既有修复型怀旧,期待重建"失去的家园"或维持"正在失去的家园",也有反思型怀旧,面对毒性环境的侵蚀和无法重建的家园,用怀旧叙事批判毒性环境的毒害,特别是环境伤害的非正义,抗议工业化和现代性的工具理性所造成的伤害。本书拟通过三位作家的生态怀旧叙事,考察生态文学中生态怀旧的不同主题,以及作家们如何借用生态怀旧来批评和反思当今的生态危机问题,如何在生态认知层面和情感层面上影响读者,塑造读者正确的生态伦理观,使读者承担起生态责任,成为真正具有生态意识和责任的公民。

---

① Scott Slovic, "Varieties of Environmental Nostalgia" in Francoise Besson, ed., *The Memory of Nature in Aboriginal, Canadian and American Contexts,* Newcastle upon Tyne: Cambridge Scholars Publishing, 2014, pp. 24–25.

第四章　哀婉与挣扎——大卫·增本的桃树挽歌

大卫·增本（David Mas Masumoto）是一位美国日裔作家，同时也是一位农人和环保主义者。他毕业于加州大学伯克利分校，后就读于加州大学戴维斯分校，获得"社区发展"专业硕士学位。目前，他与家人在加州占地八十英亩的农田上，种植有机认证的水蜜桃、李子和葡萄。农闲时节，他常为《今日美国》《洛杉矶时报》《华尔街日报》《时代》《纽约时报》等报刊写稿，并担任《弗雷斯诺蜂报》(The Fresno Bee)的专栏作家。增本以自家果园的种植生活为素材，勾勒了恬静的农场生活，并赞美了农人的朴实与坚强，表达了对自然的深沉热爱。《纽约时报》称赞他"是耕种和讴歌桃子的诗人"。他的作品有《完美蜜桃：增本家族农场的食谱与故事》(The Perfect Peach: Recipes and Stories from the Masumoto Family Farm)、《桃树挽歌：我家农场的四季更迭》(Epitaph for a Peach: Four Seasons On My Family Farm)、《五感四季：值得品味的东西》(Four Seasons in Five Senses: Things Worth Savoring)、《给山谷的信：回忆的收获》(Letters to the Valley: A Harvest of Memories)、《收获之子：在美国土地上扎根》(*Harvest Son: Planting Roots in American Soil*)。这些作品完美地呈现了家、地方、人和自然之间的有机联系，也是美国的农业叙事的代表之作。

　　介于城市和荒野之间的乡村，一直被看作人类向往的"中间景色"和伊甸园。它既没有城市沙漠的机械与干涸，也没有荒野的残酷，通常被看作田园的代名词，一个适合人类栖居的美好之所。然而，这样的田园也常常遭到批评，被认为抹煞了田园中的阶级压迫和辛苦劳作，有美化之嫌。目前国内对美国当代生态作家的田园写作（或农业叙事），译介和研究都相对较少，仅有少数学者对温德尔·贝里（Wendell Berry）和芭芭拉·金索弗（Barbara Kingsolver）的研究，而田园写作是美国生态文学中不可或缺的一部分，对其研究有着必要性。

　　增本是描写美国当代乡村的田园生活的代表作家之一，但他与温德尔·贝里、芭芭拉·金索弗等作家又有所不同。他不是一个旁观者、游客或体验者。他本人就是真真确确的农民，挥汗如雨地工作在田间，需要经营和维持农场的生计。故而他能以农人的视角，写实地再现农场劳作的酸甜苦辣和农场面临的重重危机，并记录了对传统物种的种植和他的家族如何扎根于加州纵谷土地的故事。随着农业技术的不断更新，新桃树逐渐取代传统的老品种，而作者仍坚守农人的信仰和尊严，尝试保有和拯救传统品种，在农业资本化、商品化和产业化的大潮中苦苦挣扎。对增本而言，继续种植不只是拯救桃树本身，更是拯救一种即将消失殆尽的生活方式和价值观。作者用朴实的语言记述了关于桃子的生命故事，把对桃子的生态思考和对农业资本主义发展的批判融合起来，表达了对土地和桃树的真挚情感。文字中充满了泥土味与哀婉。

本章选取《桃树挽歌：我家农场的四季更迭》(*Epitaph for a Peach*：*Four Seasons on My Family Farm*)，对增本的生态怀旧进行研究，主要针对以下几个层面进行讨论：增本对传统物种、有机社群和传统种植方式的怀旧；在他的生态怀旧中所蕴含的反思与批判，如对追求"洁净土地"的清洗做法的反思与醒悟，农业种植中的有为与无为、有用与无用之思以及平等的生态观；以及他的生态怀旧中的行动主义，比如采取"让大自然掌管"的无为法则、运用怀旧叙事的移情与共情推进读者的具身模拟和行动等。

一 对物种、传统种植方式和有机社群的怀旧

对物种的怀旧以及对"廉价食物"的批评

增本在开篇序言中就表达了自己的哀怨和不舍。轰隆隆的推土机爬进土地，眼看就要大展拳脚，把太阳冠桃树全部连根铲断。他一面想象着桃树被毁的悲壮场面，一面回忆起太阳冠水蜜桃带给他的美好的味觉记忆。太阳冠水蜜桃的多

汁甜美镌刻在他的记忆深处与感官本能里。

把这珍果放在清凉的水流下冲洗，你的指尖会不由自主地去摸向它肥美多汁的那一面。看着眼前的美味，你早已满口生津，赶紧俯下身到水槽上方，免得果汁滴在身上，然后一口咬下去，瞬间汁水溢齿，沿着脸颊流下，悠悠地挂在下巴上。这才是真正吃桃儿的感觉，最原始的一咬，而这一神奇的感官盛宴宣告着夏日的到来。①

可他却不得不舍弃这种植了几十年的美味蜜桃。他犹豫再三，最终决定还是再给自己和太阳冠桃树一次机会，但另一种桃树"红冠桃"就没这么幸运了。因为他无法负担继续种植两个品种，只得忍痛割爱。

推土机开进了果园，把桃树连根拔起。伴随着发动机的轰鸣声，树枝发出嘎吱嘎吱折断的脆响。老远就能听到推土机低沉的咆哮，单从那声音中，我就能分辨出推土机是否击中了一棵扎根很深的树，因为发动机高速运转时会发出刺耳的声响。一棵又一棵桃树倒下来，被堆成小堆烧毁。空中升起一柱烟尘，好似

---

① David Mas Masumoto, *Epitaph for a Peach: Four Seasons on My Family Farm,* San Francisco, Calif: Harper San Francisco, 1995, p. vi.

第四章 哀婉与挣扎——大卫·增本的桃树挽歌

炸弹爆炸后的烟云一样。扬起的灰尘，一英里外就能看见……成堆的树木就像摞在一起的毫无生气、面目全非的尸体……大地变得支离破碎：深深的车辙印蚀刻着泥土，破碎的树皮和残断的树枝散落在田野上。成堆的桃树遍布于这风景之中，灰尘在空气里弥漫，好似笼罩在杀戮场上空的浓雾。①

斩杀桃树的这一幕让人联想到了种族大屠杀，感觉场面十分惨烈。种植了二十年的桃树，一天就被毁灭殆尽。既然如此珍爱，味道如此鲜美，增本为何还要挥泪斩桃树呢？原因在于他的桃子过时了。

过时。这个词带有失败、拒绝和失落的感觉。我情不自禁地把它看成是针对我个人的，因为桃子是我的劳动和奉献的结晶。但食物怎么会过时呢？我的水果经销商回答道："这还不容易理解吗？买的人越来越少，它可不就过时了?!"②

按照当代农业食品技术生产和销售的要求，他的桃子确实过时了，色泽品相达不到工业化农业中要求的红扑

---

① David Mas Masumoto, *Epitaph for a Peach: Four Seasons on My Family Farm*, p. 165.
② Ibid, p. 163.

扑、硬邦邦的标准模样，而且太多汁，容易腐坏，无法贮存，经不起远途运输。这样的桃子不符合农业工业的行业标准，被视为生产力低下的品种，卖不出去是显而易见的结果。但为什么增本还要做吃力不讨好的事情，痛苦纠结呢？——一边犹豫是否要砍掉桃树，一边沉浸在对太阳冠水蜜桃甜蜜的味觉回忆中，坚持种植。那是因为，除了太阳冠水蜜桃带给增本本人的美好记忆和快乐，还有增本对保留传统物种的渴望和对生物多样性的缺失的担忧。

在农业发展史上，农业种植是动态的，物种也并非亘古不变，但它经过的是自然选择、淘汰和进化的过程，但在农业工业化时代，这种自然选择的进化过程受到了农业资本垄断的过度操纵和干涉。从增本的叙述中，我们得知上个世纪美国农业发生的巨大变化。当时到处充满了"革新"的味道。"革新成为最时髦的词，也是成功与存活的代名词。有了新技术、新产品、新市场和新的农场。"[1]进步与革新的呼声对传统老品种不啻是一种挑战和冲击。它追求的是高效高产。因此用生物技术改良的高产品种经过系统整合，逐渐取代地方品种，造成了遗传侵蚀。而对高产品种的推广和促进，势必会造成物种的单一化和同质化问题，也有可能扰乱古老的物种分布模式，引发农业生物多样性的缺失和紊乱。"遗传侵蚀范式将种子的同质化概括为

---

[1] David Mas Masumoto, *Epitaph for a Peach: Four Seasons on My Family Farm*, p. 20.

种植现代化的必然结果。"① "把生命纯然的多样性缩小,就像嫁接者们、单一种植者们和基因工程师们所做的那样,缩小了进化的种种可能性,也就是说,缩小了对于我们所有人都开放的未来。冒险缩减多样性,也就是让世界向垮塌的方向冒险。"②

面对保不住的太阳冠水蜜桃,增本的桃树种植充满了哀歌的味道。他的怀旧是一种"预期性怀旧"。

> 预期性怀旧是怀旧的一种形式。传统的个人怀旧怀念的是业已丢失的东西,而预期性怀旧是对那些尚未失去的东西的怀念。想象中的未来图景激发了这种预期性怀旧,它呈现了真实的现在和假想的未来之间的冲突。③

预期性怀旧在心理上做了一种评估,预设了一种可能:尽管我们现在还拥有眼前之物,但在未来我们会失去现在所拥有的,那时我们悔之晚矣。这种预设中隐含着对现实的焦

---

① Olivia Angé and David Berliner, eds., *Ecological Nostalgias: Memory, Affect and Creativity in Times of Ecological Upheavals*, p. 2.
② [美]迈克尔·波伦:《植物的欲望:植物眼中的世界》,上海:上海世纪出版集团,2005年,第257–258页。
③ Krystine Irene Batcho and Simran Shikh, "Anticipatory Nostalgia: Missing the Present before it's Gone," *Personality and Individual Differences*, 2016, Vol. 98, p. 75.

虑和担忧。增本的《桃树挽歌》，从表层来看是对一个桃子物种的哀悼，深层的则是对美国家庭农场的消亡和健康生活方式的消失的担忧。他的桃树挽歌叙事揭示了资本主义农业工业化和产业化引发的生态危机和可能在未来导致的生态问题，也隐微地批评了资本主义的"廉价食物"①体制。

什么是廉价食物？廉价食物是"在商品体系中用较少的平均劳动时间生产更多的卡路里"所产生的食物。②也就是说，用越来越少的社会必要劳动时间生产越来越多的价格低廉的食物。食物的价格制约着劳动力的价值。资本主义农业不仅提高了生产力，还减少了对劳动者的需求，使无产阶级化和生产力提高的动态搭配成为可能。它解放了束缚在土地上的农民，降低了劳动力的成本（价值构成），从而提升了剥削率。工人阶级的再生产成本在很大程度上受到食品价格的制约。因此，更有效地提取剩余价值的手段之一就是降低食物的价格，而降低食物的价格构成不仅通过剥削劳动能力所得，也包括对无偿工作/能源的占有。③20世纪30年代，"绿色革命"（农业革命）首先出现在

---

① 环境史学家和社会学家贾森·摩尔（Jason W. Moore）深刻剖析了当代资本主义的食物系统中的"廉价食物"原理与背后隐含的剥削，详见 *Capitalism in the Web of Life: Ecology and the Accumulation of Capital*（2015）一书。本书中对"廉价食物"的梳理来自该书的以下部分：第40-46，52-69，150，243-255，266-277页。

② Jason Moore, *Capitalism in the Web of Life: Ecology and the Accumulation of Capital*, London: Verso, 2015, p. 243.

③ Ibid, p. 244.

美国，之后在全球扩展。它涉及一系列相互关联的组织、技术和农业创新。在此"绿色革命"过程中，廉价的食品被生产出来，甚至过度生产。世界主要食品的市场价格不断下降。"在1952年之后的二十年里，食品商品价格每年下降3%，比20世纪的平均下降水平快三倍。从1960年到上世纪末，大米、玉米和小麦的实际价格下降了60%。"① 对于美国来说，"食品支出占收入的比例持续下降。从1980年到上世纪末，食品支出占家庭收入的比例从13.4%下降到10.7%——这一数字到2011年几乎没有变化"。②

廉价食物从何而来？它的生产主要有赖于三个层面的变化。一，资本导向的生物技术的发展。农业革命时期，农业研究受到了大力支持和资助，从而大大提升了农业革命的潜力。其中，"资本导向型生物技术的创新是一个关键。农业生物技术看似为农民提供了收益，但农民们会发现这些收益是短期的，很快就消失了，还使他们背上越来越沉重的债务，陷入对除草剂的依赖。且种子公司切断了种子和谷物之间古老的联系。由于杂交作物与自然授粉作物相比，产生的种子质量较差，杂交使种子与谷物'分离'。这迫使农民每年到种子商店去采购新种子。杂交技术为农业资本化开辟了新的机会。农业生产中市场投入和非市场投入的关系发生了巨大的

---

① Jason Moore, *Capitalism in the Web of Life: Ecology and the Accumulation of Capital*, p. 250.
② Ibid, p. 255.

变化。农业生产中生物技术控制与市场竞争的强制性处置结合起来，把农民拴在'技术跑步机的恶性循环'上，加速了阶级分化。没有竞争力的农民被迅速淘汰出局。从1935年到1970年，将近四百万个家庭农场消失了。到1969年，美国7%的农场生产了全国总产量的近53%。食品支出占家庭平均收入的比例从24%下降到14%。实现了自然资本的充分节流和更快的自然占有"。① 二，化学农业的盛行。"在同一时期，农业中化肥和农药的投放量惊人，增长了1338%。特别是肥料和除草剂的应用，是其中的重大革命。"② 仅在1950年至1980年期间，世界范围内的化肥使用量增加了729%，几乎是耕地扩张速度的九倍。今天美国的农业每年使用的杀虫剂和除草剂就达十亿磅。与此同时，机械化的程度也飞速提升，比如1935年至1970年间，劳动力投入下降了三分之二以上，机械化增长了213%。通过机械化、化肥以及杀虫剂的使用，农业资本化和产业化的程度不断提高。三，石油农业的兴起。快速的资本化之所以成为可能，还有一个主要的原因，那就是把石油和天然气转化为食物。交通技术的迅猛发展促进了全球贸易和运输，使得掠夺与盘剥可以展延到全球。自1935年以后，农业就已发展成石油农业。全球化增加了潜在的无偿工作/能源，使得廉价能源成为可能，把在农业区域内的投

---

① Jason Moore, *Capitalism in the Web of Life: Ecology and the Accumulation of Capita*, pp. 250–251.

② Ibid, p. 250.

入转变为从外部获得的能源和化学密集型投入。"20世纪30年代，一卡路里的食物需要消耗2.5卡路里的能量。这一比例随后急剧上升，20世纪50年代达到7.5∶1，70年代初达到10∶1。到了21世纪，要把一卡路里的食物从农场运到餐桌，需要十五到二十卡路里的热量。"①

石油、化肥、杀虫剂和生物技术促成了农业的"石化-混合综合体"。它系统地结合了"新植物、肥料、农药和培育计划"。②农业革命通过对农民的生态重组，掠夺廉价的自然资源，增加了世界生态盈余。它的成功有赖于高投资率和技术变革，特别是将尖端技术与低成本的土地和劳动力相结合，由此降低了食品价格，从而也降低了劳动力成本。换句话说，廉价食品缓解了资本工资的压力，减缓了利润率的下降。③农业从属于工业化进程，成为资本主义工业化和现代化进程中必不可少的一份子。然而，这种农业的"石化-混合综合体"的代价是沉重的。它不仅盘剥和掠夺了自然，还造成了环境的毒化污染和气候危机，同时还引发了人类身体毒化的风险，"这种石化生物混合的新模式通过资本化和配置的新格局重塑了世界权力、积累和自然"④，把控制自然和控制人融为一体，使自然和人都成为

---

① Jason Moore, *Capitalism in the Web of Life: Ecology and the Accumulation of Capital,* p. 251.
② Ibid, p. 250.
③ Ibid, p. 253.
④ Ibid, p 250.

可控的、廉价的、可被剥削的外在。

由此,我们可以看到食物生成的复杂性。它涉及石化生物综合体、食物主权、食物选择时的权力整合。因此,增本的家庭农场在资本主义农业工业化的大潮中摇摇欲坠,也是必然的结果。

对有机社群的怀旧

在农业资本化和产业化的大潮下,小农场难以为继,再加上务农的辛苦,很多农人都放弃了务农,离开加州纵谷,去城市里打拼。城市一直是诱惑乡土之人的地方,连作者也曾逃离纵谷,但最终对往昔的记忆带领他返归故土。他意识到培育出一枚桃子充满辛苦,但也极具意义,最终他决心穷尽一生研究一些桃子品种,包括名为太阳冠的品种、老龄林和几十年甚至几百年树龄的老树品种。

增本家族作为美国日裔移民,在二战期间曾被驱逐和管制,最终历经千辛万苦,定居于加州纵谷。尽管脚下的土地贫瘠无比,但增本家族扎根脚下,无比热爱脚下的这片土地。祖孙三代都把自己奉献给了这片土地。增本认为农人与土地、果树、自然、家人、邻人,是一个有机的共同体。他珍视这样的有机社群,也努力保持社群里的生活方式。然而,这样的田园在工业化社会中难以为继,取而代之的是农业资本主义的大潮。增本站在农人(insider)的视角,通过对门廊的思考、猫头鹰与白鹭的猎杀故事、废料堆的利用、家族晚餐、收获季的采摘等，探究了人与自然的"有机社群"问题，呈现了"第二故乡"的饱含温情的地理。本书重点选择具有重要隐喻意义的"门廊"以及对家人具有重要意义的食物进行论述。

（1）用以沟通自然与人的门廊——内与外的沟通

自20世纪50年代开始，门廊逐渐淡出了美国人的生活。人们开始注重室内设计，强调室内的生活状态和舒适程度，地毯和家电风靡一时，而门廊则被看作老旧遗留建筑，就像马舍和室外厕所一样。人们追求清洁，将室外建筑视为肮脏的东西，门廊也因此逐步被拆掉了。

然而，农舍的门廊多次出现在增本的笔下，有着重要的意义。门廊首先是增本观察自然、感受自然和融入自然的场所。他在门廊处远眺、注视着农场的变化，看着果实的长势，关注着太平洋风暴的动向，欣赏农场四季的一景一物。春日里看着新绿色的幼苗茁壮成长，夏日里看着鸟儿停落在桃子上饱食一餐，闻着水果成熟的芳香，秋日里看着桃树上的树叶伴随着第一场秋雨落下，冬日里脸颊感受冬的寒气，看着雾气徘徊在葡萄藤上。在门廊里，他聆听着风的声音、群鸟的鸣叫、蟋蟀的唱声、蟾蜍呱呱的叫声、邻居出门干农活的声音等；在门廊里，他看到大自然的狂野，通过门廊的温度计观察大自然的"行踪"——极寒的冬日里，眼睁睁地看着刺骨的寒冷对农作物的"猎捕",冻伤了橘子,冻死了树木,他却无能为力;夏日里,灼热的空气不断试探农夫身体的忍受极限;秋日里,他忐忑不安地细细观察着雨的变化,雨水会省去灌溉,却也为他的葡萄和桃子的褐腐菌霉变创造了理想的环境,他在黑暗中揪心地站在门廊里,看着暴雨捶打着地面,想象着用于晾晒葡萄的纸盘子已经被雨水覆盖,空气中弥漫着葡萄腐败的味道。此时的门廊见证着农人的艰辛和不易。

在门廊里,增本回顾家族作为移民扎根于加州纵谷的艰辛历史,听到前辈歌颂传统的声音。它不仅是一个温情的场所,增本在此与家人享受宁静,与农夫朋友们彼此交流;它还是一个避风港,增本辛苦劳作之后,在这里休整疲惫的身躯,感受微风轻抚脸庞,躲避炎炎烈日,计划和思考如何经营农场,如何保留传统的物种,维护好老桃园。

门廊展现了自然神圣的秘密,增本由此"接触到一个更广阔的世界"[①],也把自己的农场生活和生态系统联系在一起。他的生命一部分在廊内,一部分在廊外。门廊好似一个过渡地带,连接了人类的室内与室外生活,成为人与自然联结沟通的一座桥,帮助人类感受自身与世间万物的联系。作者认识到"生产活动无非让农业活动井然有序",大自然的野性是人类所无法控制和琢磨的。他从门廊里的风向标联想到日本文化传统中对自然的敬畏,日语中把风叫做"神",常加

---

① David Mas Masumoto, *Epitaph for a Peach: Four Seasons on My Family Farm*, pp. 157-159.

敬语"樣"。风是受人尊敬崇拜的,因此"神樣"(日语中对神的敬称)成为生者的精神。

生态批评家鲁枢元指出:在中国,"风"更被看作有生命活力的自然。它与天、地、人有着密切的联系,自身就是一个丰盈的生态场。从中国古代文化中就可以看到人和自然在风的生态场中有机互动。

> 殷商卜辞中有许多关于风的记载,表明我们的古人对风的习性在那时就已经有了全面的把握。风有空间性,即所谓"八方之风";风有时节性,即所谓"四季之风"。不同方向、不同季节的风的性质不同,对植物和动物生长的盛衰、损益也大为不同。中国古代社会作为一个早熟的农业社会,对于自然界的风有着悉心周到的观察、揣摩和理解。《庄子·齐物论》中说:"大块噫气,其名曰风。"宋玉《风赋》中说:"夫风者,天地之气也。"《淮南子·天文训》中进一步解释说:"气偏聚一方,积聚多重,流而为风。"当然,在先秦时代的中国古人看来,"风"并不只是"气"的流动,"天之偏气,怒而为风"——同时也是"天"的情绪和意志……在中国古代传统文化中,人与自然原本就是一体化的,人是由天地自然孕育化生而成的,"天出其精,地出其形,合此以为人"(《管子·内业》)。因此,大地上、天空中的"风",同样会以某种方式存

在于人体之内，人体内的"风"与天地间的"风"可以相互交流、相互感应，因此"天"与"人"在这样一个基础层面上是整合为一的。人的身体生理状况必然要受到"风"的影响。在中国漫长的农业社会阶段，自然界中的"风"对于国计民生的作用是至关重要的，风的方向、时节、强弱、干湿的不同，直接影响着农业生产，影响着年成的丰欠和年景的吉凶。①

这与西方的机械论世界观显然有着本质的不同。机械论中的"科学、客观、明晰，把人与自然、人身与人心间离开来。在把人和人面对的世界数量化、实证化的同时也大大简约化了，而且严重地破坏了自然环境，严重地损伤了人类健康、和谐的精神生态，使人类在区区三百年里便遭遇到种种危机，使地球生态系统面临整体崩溃的危险"。②机械论也会导致我们对自然缺少敬畏，把自然看作廉价的、可控制的无生命的物质。

增本以"门廊"作为隐喻，展现了人类与自然的有机联系。门廊是一座用以沟通人与自然的桥。可我们却逐渐习惯于繁华、干净、便捷的都市化生活，嫌弃室外的"脏"

---

① 鲁枢元：《汉字"风"的语义场与中国古代生态文化精神》，中国英汉语比较研究会第九次全国学术讨论会暨英汉语比较与翻译研究国际学术研讨会，2010年11月6日，第35-36页。

② 同上，第49页和第51-52页。

和生活的"原始",越来越摒弃与自然的联结和亲近,摆脱与自然的亲缘关系,远离自然,甚至妄图控制自然。增本认为,人类不应高高在上地俯视他者,而应放下姿态,重拾"蹲的艺术"。

> 我的祖母也曾这样蹲着,我在南美洲见过的农民也曾这样蹲着,日本老一辈的乡下人也是如此。这是乡下人常用的一种休息方式,给了他们一种绝佳的视角来观察这个世界……蹲下可以平衡身高差距。无论人们高矮,蹲下来时身高就会变得接近。你与他人持有相同的观点。一旦蹲下,当你想要起来的时候就要三思而后行,你就会慎重做选择和决定。①

蹲下时我们才可以更平等地看世界,与自然世界对话,尊重自然法则,同时也能平等地对待他人;而高高在上的姿态并不利于人类真正地认识自然和他人,只有当人类放低姿态时,才能做到真正的尊重与平等,才能把自然当成我们这个生态共同体中的一份子。正如生态批评家斯黛茜·阿莱莫(Stacy Alaimo)所说:"只有承认非人类不是我们可以控制的,而且它拥有欲望甚至意志,我们才能以非人类中心主义的方式,以一种举棋不定的方式理解环境。这种举棋不定的

---

① David Mas Masumoto, *Epitaph for a Peach: Four Seasons on My Family Farm*, p. 24.

模式使人类中心主义成为一个问题,而非一个起点。"①

(2)对乡土社群的怀旧

社群(Community)这一概念较为复杂,在历史发展过程中与各种思潮有所关联。根据其拉丁语词源(commūnitās)的解释,它是指由关系与情感所组成的共同体。它具有"直接、共同关怀"的含义,是一个充满感情、具有说服力的词。之后它有很多词义的变化,自19世纪开始,其"直接性"(immediacy)或"区域性"(locality)的含义在规模较大而复杂的工业社会里被凸显出来。②在乡村中,这种充满感情的"共同关怀"是一个明确特征。"在淳朴的乡村里,每个人了解各种不同的经济活动和社会职能,而且多多少少是参与这些活动和职能的。每一个人与他人以及与他所生存的群体是有联系的,个人与社会的愿望是一致的。社会规范与个人愿望在一切实际的目的下是一致的。"③以增本的农场生活为例,它既是艰辛的,又是愉快温情。家人们一起采摘果实、打包水果,一起享受果实带给他们的味觉盛宴,夏日里躺在木台上乘凉,欣赏

---

① Stacy Alaimo, *Bodily Natures: Science, Environment and the Material Self*, Bloomington: Indiana University Press, 2010, p. 8.
② [美]雷蒙·威廉姆斯:《关键词——文化与社会的词汇》,刘建基译,北京:生活·读书·新知三联书店,2005年,第80页。
③ [美]梅欧:《工业文明的社会问题》,费孝通译,北京,商务印书馆,1964年,第19页。

夜空中的繁星。邻里们相互帮助，彼此分享互换食物，比如"格莱迪的果汁""小约翰的鹿肉香肠""马斯家的葡萄干"。邻居家的食物似乎更受欢迎。

然而，这样一种生活方式在纵谷日渐消逝。小型农场在工业化农业面前不堪一击，很多人放弃土地，离开纵谷。尽管很多农民仍然背负着维持土地的家族历史，背负着一个世世代代在地球上劳作的社区的遗产，但乡土社群逐步瓦解。一是因为城市对乡土的诱惑。大多数乡土中人渴望自由和机会，所以纷纷离开农场，投身于大学和高等教育，现在又做着和务农毫不相干的工作。家庭农场已经名存实亡。二是财产继承法所导致的土地所有权的问题。土地的遗产继承导致家庭纷争，最后不得不把土地卖掉，分配财产。比如增本在《桃树挽歌》中提到日裔美版"李尔王"的故事。四个子女中，只有一个儿子想务农，而且他一直以耕地为生，照顾父母。依照法律，农场是属于四个子女的共有财产，但其余三人不想继承农场，只想卖掉农场。想要务农的儿子却买不起其他三人手里的土地。一家人就农场的继承问题发生了分歧，最后农场被卖，更换了新主人。三是农人之间的竞争。在资本化农业大潮中，农人生存不易，彼此之间开始竞争，曾经的共同体有可能变得可憎。人们开始迷失，逐渐抛弃了这种乡土社群的温情，选择了利润第一和适者生存的法则。例如，面对可能发生的风暴，有的农人用管理、科学和技术武器武装自己，设法早点采摘，在下雨前把它打好包装。他看到下雨很高兴，因为他的葡萄干安全地存放好了，没有一点损失。风暴反而使他更具竞争力。他的葡萄干的价值建立在邻居的葡萄干遭受雨涝灾害的基础上。增本批评了这种幸灾乐祸的做法，认为这些农夫忽视了农业的脆弱和短暂的本质，否认了农民们生活在一起并且共享同样的土地、空气和水的事实。虽然一家可能暂时赢得一场对抗九月雨的战斗，得到金钱的奖励，但并不代表他们总能如此幸运地操控自然。[①]而且在此过程中，他们可能会失去珍贵的乡土情感，人与自我、人与自然和人与他者之间的关系变得异化。

二 反对饮食文化的越境与重塑食物伦理

增本家族的晚餐颇具特色。罗斯奶奶和玛西奶奶两位祖母都把晚餐当成农场生活的重要组成部分。在餐桌上，邻居的食物总是很受欢迎。为了表达敬意，祖母给每道菜都取了名字。吃饭的时候，就会听到她说"请把格莱迪的果汁递给我"，或"小约翰的鹿肉香肠""马斯家的葡萄干"[②]。晚餐前，她必虔诚地祈祷，浪费食物时她惋惜的眼神中流露出谴责。经历过战争和饥饿的祖母们知道食物的宝贵，知道种植的不易。增本以玛西奶奶和罗斯奶奶的家族聚餐故事，使读者意

[①] David Mas Masumoto, *Epitaph for a Peach: Four Seasons on My Family Farm*, p. 150.

[②] Ibid, p. 85.

识到：食物是连结一家人的纽带；食物从何而来、谁种植出来很重要；人类需对大自然的恩赐感恩，不能浪费食物。对城市中人来说，我们在尽情地享用着来自世界各地的食物和反季节的蔬菜水果之时，大多数情况下并不了解食物的生命，不知食物从何而来，缺乏对食物应有的尊重，也不了解食物的生命。很多时候，我们对于食物的选择，来自广告、促销或特殊利益集团的解释、标签和灌输。

增本家族的家族聚餐让我们看到了另一种对待食物的方式。他的家族所展现的对食物的情感促使我们重新思考人类和食物之间的关系。农场的居民们倡导本地化饮食和食用应季食材。"在这些农场社群里，食在当地的观念根深蒂固"①，因为在这里，他们看着农作物从春到冬的整个生命生长的过程。"春天意味着工作，夏天意味着收获，秋天意味着感恩，冬天意味着沉思。我们接触大自然，亲眼目睹种子和动物的诞生，它们随着时间和年龄最终死亡，以及这个循环如何每年重复。"②然而，在交通和物流业飞速发展的今天，一年四季我们都可以享有绿叶蔬菜和水果，人们不再保持食用当地应季蔬菜和水果的传统。在经济全球化的时代，我们的食物来自世界各地。技术可以满足我们在不同季节的任何饮食需求。那么像增本家这样的农民们

---

① David Mas Masumoto, *Epitaph for a Peach: Four Seasons on My Family Farm*, p. 85.
② Ibid, p. 160.

坚守这样一种传统的意义何在呢？从生态的角度来讲，这种远距离的食物所造成的碳足迹和对当地农业的伤害是极大的。此外，食品科学技术似乎可以无限地推进对生态物种的改良，呈现给人们大小相同、色泽品相完美的制式化的农业产品。可人们却不曾想过，久而久之，传统物种可能会消失，农业物种趋向单一化。比如增本的太阳冠水蜜桃就是典型的例子。太阳冠水蜜桃口感虽好，但品相不好，又难以经受长途运输和持久贮存，因而受到水果经销商的嘲讽，卖不出去。桃树面临着被推倒并铲除的命运。

  我问："为什么笑？"
  他们指出，太阳冠水蜜桃在一张神秘的黑名单上几乎位列榜首，因为色泽差又不耐保存，早就臭名昭著了。水果经销商想要的是那种冷藏数周而不变软的桃子。
  "我们要的是颜色漂亮的和耐保存的，耐保存的和颜色漂亮的。"这样的话，我听到了一遍又一遍。

要克服这种根深蒂固的偏见，增本认为必须像西方20世纪60年代的民权运动那样，来场食物革命，让人们重新认识和了解食物从哪里来，食物本真的样子该是什么样的，而不是让新技术、农业工业化遮蔽了消费者的双眼。他始终坚持种植传统物种，坚信他的桃子是"为家而生的食物"。桃树有如增本的家人。他珍惜这些传统物种，不肯顺应农业商业化和工业化的大潮而砍去这些桃树。在他的观念里，仅仅为了生产品相好、大小统一、色泽鲜亮、能远途运输的桃子就不断进行技术改造，其结果只能导致物种的单一化，也必然造成对农业生态的破坏。可对旁观者而言，也许此果园与彼果园没什么不同，此桃树与彼桃树没什么不同，他们甚至更喜欢品相诱人的新桃子品种一些。他们很难看到农业工业化、资本化和商业化对传统农业的侵蚀与改变。对于这些，只有身在其中的农人才能更切身感受到。最初离开农场去伯克利分校读书的增本也感受不到。他也曾像游客一样，偶尔回家转转，享受一下田园的宁静，直到后来作为农人深耕其中，才发现他当初错了。旁观者的视角总是天真的，看不到这背后的错综复杂的关系与农场生活的艰难。作为消费者的我们，其实并不关心食物的来源，它们的品种是什么，是传统物种还是现代改良物种。我们的目光似乎集聚在超市的货架上、各大网购平台五花八门的图片介绍上。新一代的人类，可能都不知食物本来的面目，甚至不知食物本身原始的味道，而湮没在广告、各种推销手段、营养推介里，迷失在消费主义的浪潮中。我们关于食物的知识是缺位的，对食物的尊重是匮乏的，也没有意识到作为消费者的我们可能带给整个生态系统的影响。因此，对消费者的"食物认知"教育是必要的。消费者只有看到食物作为一种生命的存在，它从哪里来、到哪里去，才能与食物建立起真正的纽带，承担起消费者的责任，重塑食物伦理，同时也会看到食物形成的复杂性，其背后所隐藏的食物正义和粮食主权①问题。

与增本一样，在美国作家芭芭拉·金索夫的《自耕其食：奇迹的一年》、温德尔·贝里的《拿到桌面上：论耕种与食物》和迈克尔·波伦的《杂食者的两难：食物的自然史》、威尔·艾伦（Will Allen）的《健康食物革命》等作品里，都可以看到对远距离"食物里程"的反对，对本地化食物的提倡或对食物正义问题的思考。文学领域的反应与21世纪初美国兴起的"土食主义"和"食物里程"运动相契合。

食物链生产发生了变化，食品加工工业发展迅速，农场似乎变成了工厂。"农场的设计导向就是高量生产，生产越多越好。"②食物／粮食从原产地到餐桌，旅行距离越

---

① 粮食主权成为各国人民享有通过无害生态和可持续方法生产的健康和文化上适当的粮食的权利，以及他们确定自己的粮食和农业系统的权利。它将生产、分配和消费粮食者的愿望和需求置于粮食系统和政策的核心，而不是市场和公司的需求。它捍卫下一代的利益和包容性。它提供了抵制和废除现行的公司贸易和粮食制度的战略，以及由当地生产者和使用者决定的粮食、农业、牧业和渔业系统的方向。粮食主权优先考虑地方和国家经济和市场，并在环境、社会和经济可持续性的基础上增强农民和家庭农民推动的农业、手工捕鱼、牧民推动的放牧以及粮食生产、分配和消费的能力。粮食主权促进透明的贸易，保证人民的收入以及消费者控制食物和营养的权利。它确保使用和管理土地、领土、水域、种子、牲畜和生物多样性的权利掌握在我们这些生产粮食的人手中。Jason Moore, *Capitalism in the Web of Life: Ecology and the Accumulation of Capital*, 2015, p.277.

② edx演讲：靠一张嘴拯救食物链。

来越长，运输时间越来越长。这种远途运输的饮食所造成的"食物里程"会引发更多的"碳足迹"，从而造成环境污染和气候变化。而且这种饮食方式长久下去势必会对本地农业（本地食物）造成打击，也会逐步造成本地农业的凋敝，从而造成本地食物的自给率不足，由此形成一个恶性循环，给生态系统带来伤害。在《桃树挽歌》里，我们可以看到增本的太阳冠水蜜桃虽味美多汁，却上了销售的黑名单。增本不得不寻找"定制的消费者"，给他的桃子定位为有机婴儿食物，否则他的桃树难以维系。当健康美味的食物，因为不能达到长期贮存、远距离运输的标准，而不得不寻找潜在的定制消费者，把自己的命运寄托于这少数的定制群体（还有可能退订），这难道不是一种悲哀吗？这种定制的消费者又涉及一个矛盾之处。"定制"除了高品质和健康外，还意味着昂贵。廉价、人人可以享有的有机食物是否可以存在呢？如果不能，那么仅仅作为一种高消费的奢侈品，它对大众的意义是什么呢？当我们迫使本应是大众餐桌上正常的健康食物变成一种高端定制食物时，我们是否应该反思呢？

　　增本的叙事带给读者的不止是他和桃子的故事，更重要的是呈现了太阳冠水蜜桃作为一个物种独有的生命。他思考了食物、文化与环境之间的关系，反对单一种植文化和恣意的消费观。他特别批评了当代人对于维持滋养其生命的食物，从来没有用心去观察和思考过，而只是漠不关心地消费，也从未注意到消费行为与塑造食物和农业种植方法之间的关系。他暗示了消费者的责任。农场是否种植、收获安全的农作物，农民可以努力、可以付出，但一个健康的农场依靠的不止是农民个人，而是全体公民健康的消费观、生态观、社会观和伦理观。只有当消费者承担起应有的责任，不把目光聚焦于超市的货架，认识到食物不仅是果腹之物，也是传统、信念、健康、家庭的集合体的时候，人类才有可能建立起食物伦理。我们对食物的可获得度、喜好、对食物的信仰，都会决定食物的命运。如果每个人都能谨慎、友好、包容、有责任地选择食物，自然农业就可以形成一个比较有序的方式，从而实现对环境的友善，生产可持续的食物和安全的食物。人与土地的健康、个人与整个生态社群的复杂关系也会更加健康。

三 "土地的洁净"与"有用无用"之反思

洁净真的是好的吗？

熟悉美国生态文学的经典代表人物亨利·大卫·梭罗的读者，对他的《瓦尔登湖》中所蕴含的自然观，特别是对待"杂草"的态度，肯定印象深刻。梭罗把自然放在平等的位置，将其看作与人平等的主体，与其对话和交流。他深谙自然的一草一木，可以清晰地辨别它们，叫得出每一株树木的名字，风雪无阻地去和瓦尔登湖畔生长的树木

"约会",欢快地招待他的访客土拨鼠来吃面包屑、美洲鹬来到他的屋里做巢。①同时,对于自然内部的生命,他也保持了一种恰如其分的公正态度。他认为自然中的每一株植物、每一个动物都有生命意志,充满了生命力。在他的眼中,不管是供人类食用的豆类还是对人无用的杂草,都有理由和权利平等生存。即使是杂草的生命,也应当被尊重。因此,他在瓦尔登湖畔种豆时,不会因为杂草"无用"就将其连根拔除,反而会宽容地允许杂草在旁生长。在他看来,宇宙间的每一个生命体都有平等存在的权利,也有其各自存在的美丽。他都没有任何偏好地尊重和热爱它们。梭罗这种超前的对待非人类生命的平等意识,无疑打破了人类中心主义的桎梏,为今天的"生态中心主义"观的发展奠定了基础。

然而,梭罗的自然观多少有些浪漫主义情怀。现实世界中,这样的自然观能否无障碍地实现呢?增本的农业叙事给我们提供了另一个侧面去观察自然,带领我们更深入地了解人、自然与社会的复杂关系。面对杂草,作为农人的增本和作为漫步者的梭罗,心情迥然不同。增本首先要面对的是虫害和杂草的威胁:虫害会吞噬农民的劳动成果;杂草可能吸收土壤的肥料或破坏养分,阻碍农作物的生长。增本坦承,对农人而言,"任何不受欢迎的植物都可以被称为杂草",

---

① [美]亨利·戴维·梭罗:《瓦尔登湖》,徐迟译,上海:上海译文出版社,1982年,第209–210页。

"每一粒草籽都象征着邪恶的毁灭和承认失败"。

在我的农场上,桃树或葡萄树以外的任何植物我都称之为杂草。如果一块地里只有泥土和我种植的东西,没有任何其他绿色的东西,我才会认为它是干净的田地。邻居们和我看法一样。我们会比赛,看谁的田地最干净。①

农民们知道"丰沛的春雨过后,肆意蛮长的野草会侵占每一片土地",因此竭力控制杂草。增本也不例外。"不能让任何杂草有孕育种子的机会",因为每个种子都可能变成邪恶的毁灭力量。一到季节,农民们就开始组织"杂草大屠杀",为了清除杂草而不懈努力,比如使用牵引机和圆耙机铲除杂草;喷洒除草剂、接触性或内吸性的杀灭物;利用注射使毒素直达植物根部,以便快速除草。"一两天之内,田地变'干净',除了葡萄藤和树木以外,没有任何生物。"②

然而,如此洁净的土地真的就好吗?除草剂确实见效快、效果卓著,而且便宜,每亩只需要花费十美元就可以做到彻底清除那些杂草。但增本很快就发现:这十美元的农药除草是很干净,干净到整片土地都光秃秃的,贫瘠到"一毛不拔"。

---

① David Mas Masumoto, *Epitaph for a Peach: Four Seasons on My Family Farm*, p. 30.
② Ibid, p. 30.

第四章 哀婉与挣扎——大卫·增本的桃树挽歌

我在屋后种植了一些观赏松树，就是那种耐寒、便宜、到处都可以长的黑松，结果却发现这些松树不断地枯死。它们慢慢地死去，先是松针的叶尖被"烧死"，然后彻底变成褐色，接着顶梢的树枝开始枯萎，逐步向下延伸到树心，如致命的癌症一般不断地恶化着。松树为什么会死亡？我不明白。在第三次焚烧掉枯死的松树后，我就放弃了，决定不再种植。瞪着这片贫瘠的土地，我终于发现：在那一带，什么都生长不了。因为我曾经喷洒的芽前除草剂依然威力十足，在土地上留下了长久的烙印。[①]

农人们积极不懈地努力让土地洁净，好有更多的收成，结果却适得其反，非但没有提升土地的收成，反而付出了高昂的代价——不仅污染了土地，使土地变得贫瘠，而且还杀伤了其他植物，污染了地下水，造成更大的经济损失。这种污染的烙印会持续很长时间。此外，即使我们自己不喷洒农药，也一样不能幸免，因为污染不会静止不动。喷洒的农药并不会停留在各自农场的边界内，也不会在人类的财产线上止步。正如德国社会学家乌尔里希·贝克所提的风险的"回旋镖效应"一样，风险会蔓延过边界。"回旋镖效应并不只是向单一的源头发起还击，它会在总体层面上让每个人都受到相同的损害……这种效应可以扩展至各个方面。风险随风

---

① David Mas Masumoto, *Epitaph for a Peach: Four Seasons on My Family Farm*, p. 31.

而动，逐波而行。风险无处不在，它同生活最密不可分的那些条件（空气、食物、衣着和家居）一道，穿梭在曾加以严格控制的现代保护区。有毒物和污染物既与自然的基础交织在一起，也与工业世界的基本生活过程纠缠在一块。"① 此处使用的农药，可能也会对彼处产生不可忽视的影响。特别是在潮湿多雨的情况下，冬天喷洒的化学药剂产生的水滴可以漂浮很远。化学污染颗粒悬浮在空气中，随着空气流动。这种酸雾在田地间缓慢移动，飘过乡村，盘旋在人们的头顶，对人和土地的健康都会造成难以磨灭的损害。

增本开始质疑这种"土地的洁净观"，并慢慢转变观念，认识到控制自然是不可能的，也是荒谬的。他重新界定和审视杂草，不再把杂草视为无用之物、必须被清洗的邪恶之物。他开始把杂草视作农场的一部分，接受它们作为"自然系统中的一部分在他的土地上起作用"。② 他认同了朋友给杂草起的新名字，天然草（natural grasses）。从一种邪恶的指称转向这种温和的叫法，代表了增本态度的改变。与梭罗不同，增本对杂草的态度，有一个思考与转变的过程。作为一个自然漫步者、体验者和试验者，梭罗无需考虑农业生产者所面临的生计问题；而作为一家之长的增本，

---

① ［德］乌尔里希·贝克：《风险社会：新的现代性之路》，张文杰、何博闻译，南京：译林出版社，2018年，第31—34页。
② David Mas Masumoto, *Epitaph for a Peach: Four Seasons on My Family Farm*, p. 31.

身负养家和承担农场工人薪水的重任,毋庸置疑会把对收入和利益的考虑放在首位。直到增本看到对田野里杂草的清洗造成了土地贫瘠和地下水的污染,他才质疑和后悔以前的做法,开始放下二元对立的观念,从与自然抗争转变为与之和解。他开始用心观察和尊重自然的节奏律动,对杂草的态度终于发生了彻底的转变。他通过观察,发现人类费尽心机地清除杂草,但杂草的生命力十分顽强。看似已被清除掉的杂草,只是在等待重生的机会。与此同时,他也发现大部分的草会自己慢慢枯萎,而且并不是所有的杂草都对土地和植物有害,只有极少数杂草是有害的。大多数草并没有农民想象的那么可怕,甚至有些草还能起到保护作用,如蔓延到每棵树上的繁缕,会产生毒素以杀死与其竞争的野草,像一个保护层一样守护着树干。[①]

农人对"洁净的田地"的追求,源于对混乱的恐惧和对控制的欲望。因为害怕所以渴望控制。这也是生态批评学者西蒙·埃斯托克所谈到的一种"生态恐惧"。人类发展的历史就是一部对自然改造和控制的历史。我们制造工具来改变自然、征服自然、驯化自然,从而为我们所用;我们建造房屋来保护自身免受暴风骤雨、严寒酷暑的侵害;我们注意公共卫生以保护我们免受病菌侵袭。我们对自然既向往,又害怕和恐惧。"自然变成了需要我们控制的令人

[①] David Mas Masumoto, *Epitaph for a Peach: Four Seasons on My Family Farm*, p. 32.

憎恶的对象,如果失去控制,自然只会成为令人厌恶和担心的事物,从而导致悲剧的发生。"[1]人类控制自然这一观念由来已久,比如弗朗西斯·培根认为,自然为人类而存在,科学的目的就是重新恢复人类在堕落时丧失的统治造物的部分权力。人类可以被看作世界的中心。如果把人类从这个世界抽取出去,其他的一切就会乱套,漫无目的。这种控制自然的观念显然是典型的人类中心主义,也势必会造成人与自然的二元对立。

然而,人类真的能完全控制自然吗?基因技术能够帮助植物抵制虫害、抗除草剂,但这样的农作物是否对土地有害?对人类的身体健康有害?对保持物种的多样化有害?这些都发人深省。纯净只是一种理想的乌托邦而已。卡逊的《寂静的春天》早就告诉我们,纯净的世界不存在,剩下的只是一个毒化的世界。著名的环境史学家和社会学家杰森·摩尔指出,现阶段的农业已成为"毒化的主要媒介"。[2] "1950年至1980年期间,农药和除草剂的产量暴增。多年来,这种毒害的典型代表是DDT(二氯二苯基三氯乙烷)。1945年至1972年间,仅在美国就使用了约十三亿磅这种杀虫剂——以及强大的致癌物质。今天,美国农业每年使

---

[1] Simon Estok, "Theorizing in a Space of Ambivalent Openness: Ecocriticism and Ecophobia," p. 210.

[2] Jason Moore, *Capitalism in the Web of Life: Ecology and the Accumulation of Capital*, p. 252.

用的杀虫剂和除草剂就达十亿磅。长期以来公认的健康影响已被广泛研究。在1950年至1980年期间，世界化肥使用量增加了729%，几乎是耕地扩张速度的九倍。"① 在人类雄心勃勃地去除杂草的同时，也产生了"超级杂草效应"。它既有"创造性"又有破坏性。称它有"创造性"，是因为杂草不断地进化，导致农业生物技术不断失效，这使人类不断展开新的研发。目前杂草已经产生了抗药性，进化到可以在抗草甘膦除草剂（草甘膦）中存活，而这些除草剂是转基因大豆和其他作物的基础。同时，"不断上升的二氧化碳浓度有利于入侵性杂草的生长"。超级杂草的抗药性迫使农业生物技术公司引进新的2,4-D抗性大豆。2,4-D是一种已知的致癌物和内分泌干扰物，其毒性更大，比20世纪90年代的抗草甘膦作物还严重。在2000年至2012年的十多年间，它在美国的应用就增长了90%。② 面对新的农药，超级杂草又会通过快速进化来适应环境，如此往复，形成了恶性循环。这也造就了超级杂草极大的破坏性，因为对于其他物种来说，这样的超级杂草的恶性循环过程有可能导致生态系统的崩溃，比如蜂群的崩溃紊乱。自2006年以来，蜂群损失率从20世纪下半叶的平均10%—15%上升到20%—30%。在美国中西部地区，约45%的蜜蜂种类已经灭绝了。听到这些数字时，很

---

① Jason Moore, *Capitalism in the Web of Life: Ecology and the Accumulation of Capital*, p. 252.

② Ibid, p. 273.

多时候我们可能会比较麻木,只是知道一些蜜蜂灭绝或濒临灭绝了,并不太在意。可实际上,它与我们的生活息息相关,因为我们吃的三分之一的食物直接或间接地依赖动物(尤其是蜜蜂)传粉。蜂群紊乱的罪魁祸首之一是1990年代中期引进和使用的新烟碱类杀虫剂。新烟碱类药物会导致蜂群衰竭失调。这种过度使用杀虫剂和破坏蜂群栖息地,会导致全球经济作物种植的有毒景观。[①]

增本对"洁净"的反思,实则是对"农业毒化"景观的批评和担心。当我们人类认为自己可以掌控自然,清除无用之物,只留下有用之物,从而大肆恣意妄为之时,不知道自己已然成为这毒性景观中的一份子深受其害。

有用无用之思——覆盖作物的多样性

作为一家之长,增本能地会把经济利益置于首位,但自从发现"洁净"的清洗做法所造成的毒害后果后,他就逐渐转变了自己的视角。他注意到植物世界生命的美好(植物的欲望),特别是大自然充满了多样性,也需要这种多样性时,他改变了之前的种植观,抛弃了自己患得患失的心,转为平常心。他不再只关注果树种植和果实的收获,而是像艺术家一般发现每一个自然生命之美。他尝试重拾传统的覆盖作物(Cover Crop)种植的做法,以自己的方式重返自然农法。

[①] Jason Moore, *Capitalism in the Web of Life: Ecology and the Accumulation of Capital*, pp. 224–232, pp. 274–275.

什么是覆盖作物？覆盖作物在传统上被看作一种便宜的肥料。它是在主要的经济作物（如马铃薯、小麦、黄豆等）收获后，种植在地表，用以保护土壤、防止侵蚀，同时发挥着诸如增加土壤肥力、控制杂草、增强土壤持水能力、提高农田生物多样性等一系列作用的一类植物。它们可以是紫云英、三叶草、豌豆等豆科类作物，为土壤提供丰富的氮素养分；也可以是黑麦、大麦等禾本科作物，生长迅速，具有较强的抗风蚀能力等。种植覆盖作物的方法源于中国自古有之的"绿肥"——用以滋养土地，但它所能发挥的功能却远多于绿肥。覆盖作物通常基于土壤出现的问题和植物功能群的不同，进行合理的种植搭配，覆盖作物种植中的植物种类搭配可以高达七十种。[①]种植覆盖作物这种传统方法是一种自然耕种的过程，既可以改善土壤，帮助土壤重新获得有机物质，又可以为昆虫提供栖息之所。

然而，现实是没有多少人采用覆盖种植的做法了。农业的工业化和产业化强调和追求高产高效，对土地的盘剥和榨取必然要做到极致。覆盖种植的做法显然不符合这种要求，自然会被石化农业所取代和边缘化。而且，当新一代农人可以买得起化肥时，也会慢慢摒弃传统的覆盖作物种植法。农人只希望自己付出的辛苦劳动放在有果实的果树上，不愿花时间来种植无用的覆盖作物。但"有用"与

---

① 国际节能环保网."覆盖作物——土壤和环境的守护者"。huanbao.in-en.com/html/huanbao-2311747.shtml.

"无用"之间真有那样清晰的界限么？自然并非线性生长。我们不能完全站在人类思维的界限内去衡量评判，做非此即彼的选择：要三叶草还是要大豆或麦子？这样的选择是不明智的，甚至是破坏性的。如前所述，覆盖作物对农业生产和土地养护起着重要的作用，特别是覆盖作物的根可以保持土壤湿度，比如三叶草的根。这一点让我们联想到《庄子》中所说的大瓠的故事，看似无用的大瓠，实则有很多用途。硬要用有用和无用来衡量，只能使人类变得狭隘。

增本认识到，"万物都应各有其价值"①。而且即使是覆盖作物种植，也需要多样性。增本自采用了覆盖作物种植后，在田野行走时就可以感受到脚下变化着的风景，从原来的单一作物变成了多种多样的物种，可以同时闻到盛开的三叶草、野豌豆或者野花盛放时花粉的味道，感受到茂密增长背后的温度变化。大自然的随意之笔塑造了新的风景。与梭罗一样，增本展示了野花的价值与魅力。它与金钱无关，但依然美丽绽放。覆盖作物要求我们去相信生命之奇迹与神秘。它模拟了一个既定的自然生态系统的复杂性和多样性，使我们可以想象到一个更原始的生物群落，在此生物群落中，各种各样的生物共同生活。

在与自然的"命运共同体"中，农民所寻求的应该是与自然协作，而非抗争或试图控制自然、清洗自然。增本

---

① David Mas Masumoto, *Epitaph for a Peach: Four Seasons on My Family Farm*, p. 128.

第四章 哀婉与挣扎——大卫·增本的桃树挽歌

在覆盖作物种植的过程中，认识到了"协同作用"的益处和重要性，尽管这种协同十分不易，甚至这种努力不被认可或推崇。但增本坚持认为一个健康的农业离不开农民与自然的协同作用。然而，在现代农业中，更多强调的是成本和对技术的投入。

> 我对协同作用的定义也包括与杂草和害虫的抗战，因为它们也融入了好收成的魔力。那么百慕大杂草和桃旋皮虫是多汁桃子的一部分吗？这个想法质疑了我的逻辑。人们更容易以竞争或妥协的观点来思考问题，而不是尝试促成各种看似混乱的力量的协同作用。我问一位科学家："什么造就了一枚优质的桃子？"他的回答重点探讨了投入和农耕方式，仿佛只凭借技术就可以获得丰收。我委婉地表示："我会认为农民也与丰收有关。"他不再说话。[①]

增本强调农人与自然的沟通。健康的农业不是靠毒化大自然来获得高产出，而是一种具有再生性、可自力更生的可持续发展的农业。它"对当下的环境、生物栖息地或自足的生态系统中的所有成分都给予足够的重视"。"所有的生态系统都具有复杂性，因为农业必须同这种复杂性保

---

① David Mas Masumoto, *Epitaph for a Peach: Four Seasons on My Family Farm*, p. 128.

持协调一致。农业必须去研发和利用既定生物群落中的生物的多样性。这一点同当前全球种植单一作物的做法恰恰相反。在农业系统和自然系统之间建立一种共生状态，最好能建立起一种高度互补的关系。"①

增本从加州纵谷的果园中各种生物的角度审视乡土，审视自然与人的交流。他对于纵谷的叙事和故事书写，向我们展示了一个不一样的世界，重新阐释了农业、人类和自然之间的关系，呈现了一个更真实的田园。他的怀旧叙事是关于工业化农场与食物技术的反叙事，展现了美国农业工业化和产业化发展的历史，以及对小农日益加深的伤害和驱逐。增本借此批评了资本主义农业工业化对大自然的"毒化"行为和"有用无用"的工具理性思维模式。采用新的农业生产与食品技术、杀虫剂与化肥，确实可以保证劳动成本最小化和利润最大化，提高劳动生产率，但实际上在许多情况下破坏了农业生态。

四 执行"让大自然掌管"的无为法则

在有机种植过程中，增本不断地反省：自己想要控制混乱，让农场井然有序、规则和洁净，却忽视了每一农年

---

① ［美］迪恩·弗洛伊登博格·C.：《后现代世界中的农业》，载于大卫·雷·格里芬编，《后现代精神》，王成兵译，北京：中央编译出版社，2011年，第185页。

的独特性。[1]在春夏之际与自然的斗争中,他一开始部分承认而后来不情愿地完全承认自己无法战胜自然,只得妥协;到了九月,他发现所有的劳作其实都在自然手中,被自然掌控;秋冬时节,他放下成见,以一种与自然合作和协作的态度来耕种。增本从春到冬的耕种方式和心路历程呈现了对自然的认知与态度的变化。他从想要"控制混乱的自然"到顺应自然[2],学会逐步放手,放弃打败自然的想法,意识到种植的艺术其实没什么绝密技巧,有的只是顺应自然,想要控制农场的所谓混乱本身是有误的。他不再把混乱看作农场邪恶的宿敌,开始花更多时间观察农场,试着去倾听农场,倾听大自然的声音。

增本开始实行"无为而治"的自然种植,把土地上的野草看作自然系统中的工作的一部分,让自然掌管农场(let it be),不再强行干涉田地,"好像农夫已死"。这种"无为而治"的种植与自然农法的观念不谋而合。什么是自然农法？1938年,日本的冈田茂吉提出自然农法,并开始探索,1950年正式取名为自然农法。福冈正信对此有进一步的发展,在1972年出版了《自然农法——绿色哲学的理论与实践》。他的自然农法有四个要点：不耕地、不施肥、不用农药、不除草。他认为,

---

[1] David Mas Masumoto, *Epitaph for a Peach: Four Seasons on My Family Farm*, p. 228.
[2] Ibid, p. 36.

自然界本来是没有生死、大小、盛衰、强弱之分的,害虫与天敌在自然界是弱肉强食关系。自然界原来也没有正邪、善恶之分,只不过是人为区分的。要保持自然界中生物的协调性,应在不加干涉的情况下使草木生长结实。自然界是一个有生命的统一体,不能使其分解、解体,分解则消亡。依据分解后的"自然"拼凑局限性的知识,进而认识自然、利用自然、改造自然等等,是毫无意义的。这是因为对自然的本质认识错了,之后无论怎样合理地研究都会犯原则性错误。必须认识到,人类的智慧和行为并不可能使自然界生或灭。

福冈深受中国古代哲学中的老、庄思想影响,强调"无为",要人类顺应大自然的节律和生命法则,而非人类硬性干预自然。他对现代农法和工业资本主义进行了严厉的批判。福冈认为耕耘机和化肥破坏和毒害了有生命的土壤,特别是农药的采用会导致土地荒芜、公害发生。他强调由自然来主导,"以土改土、以草压草、以虫治虫"的农业耕作方法。①在福冈看来,近代农业里科技农法和商业农业的加速发展埋葬了过去那种原始的农业耕作方法。自然是一个有机的生物体,不可分割。但是,

---

① [日]福冈正信:《自然农法——绿色哲学的理论与实践》,哈尔滨:黑龙江人民出版社,1987年,第3-4页。

滥用科技手段对自然进行分解分析，分门别类的研究，使得自然失去了它的本来面貌。[①]自然农法拒绝人类的干涉与介入，以什么也不要干为宗旨，把自然视为不可分割的完整的统一体，顺应自然，让作物按自己的习性去生长和发育，强调人类与自然合一，而不是把农作物当作考察对象。这种完全无为的农业有其局限，不可能完全实现，但它的理念有其合理之处，可以提醒我们过度介入自然带来的恶性后果，并提供了一种健康的农法。"真正的自然食物，没有人为欲望的介入，是直接来自大自然的食物。"[②]

自然农法的概念虽是1950年提出的，但这个概念背后的想法来自传统的农耕理念。增本的有机种植正是回归了这种传统。他用新眼光去看待农场，与自然的混乱共存共处。他不再心心念念去剿杀害虫，数田野里和果树上有多少害虫，而是试着去容忍，观察益虫与害虫的比例，搞清楚是哪些虫子在拱食果子，它们的破坏性到底有多大。他也试着去认识杂草，逐渐能叫出大部分杂草的名字，和一些杂草成为好朋友。在必要的除草中，他忽略大部分的杂草，而称之为"土生土长的小草"。在对农场的仔细观察中，他学会形成自己的本能：积累关于自然的知识，融入自然并与之共存。他把农场当作生物革新的试验田，不断

[①] ［日］福冈正信：《自然农法——绿色哲学的理论与实践》，第30页。
[②] 同上，第98—99页。

地去实验、去适应和去改变。"自然的野性得到接纳甚至推崇。"①农场由此开启了新的生活,曾经被杀虫剂赶走的蜥蜴重回农场,与增本一起跳起了蜥蜴舞;树的灵魂被释放,自由地生长。这样的一种"无为之为",并不是放任自流,而是增本与大自然的和解。

然而,实施自然农法并不是一个容易的过程。如何做到知行合一?除了技术、工业化和商业化对传统自然种植的挑战,还有高成本、虫害和野草的威胁。尽管增本决定以不同的方式来经营农场,不使用化学产品从而保护土地,但在整个种植过程中他的内心其实一直充满了挣扎、犹疑、后悔、重复旧有做法的冲动。面对杂草丛生、充满了小生物的混乱农场,增本不能抑制自己的"生态恐惧"。与"天然的混乱"共同生活需要一定的勇气。例如,他发现无论他多么努力地监测杂草的生长和通过人工的方式铲除杂草,杂草都有可能成为他的噩梦。"杂草的生命力极其旺盛,只要有点滴的绿色,就会迅速生长,蔓延成像高尔夫球场大小的一片。"他十分愤怒和无奈地抱怨道:"尽管我不停地干,但我所完成的无非是给杂草播种,我铲到哪里,它们长到哪里,现在面积竟然已经翻倍了!所以我一遍又一遍地铲,一次又一次地粉碎着杂草根……深深担心它们会再

---

① David Mas Masumoto, *Epitaph for a Peach: Four Seasons on My Family Farm*, p. 37.

次死灰复燃，蔓延到更远的地方。"① 与梭罗不一样，有着农人身份的增本无法简单地把杂草当成朋友。此外，还有虫害造成的伤害。这些威胁始终存在，挥之不去。一看到虫害严重，他的老毛病立刻就上来了，想用杀虫剂消灭害虫。种植毕竟不是想象的浪漫田园，农人要生活，要养家。面对虫害，他心情复杂，纠结万分，在用与不用农药之间挣扎和摇摆。他向读者坦白：为了避免果园更大的损失，他不得已打算使用硫化法来解决葡萄树上的蚜虫问题。在使用农药的过程中，心虚、羞耻心、忧虑与痛苦始终纠缠着他。他害怕有人路过时看到他在使用杀虫剂，忽视他在有机种植或自然种植方面曾付出的努力，只批评他此时的这一行为；他担心邻居嘲讽，"还不是和我们一样"。他担心人们只记得他最后的这个决定——他是在葡萄上喷洒杀虫剂的农民。害虫防治顾问给出的建议是"不要想太多"，并推荐给他新的杀虫剂，拿出了一个销售和采买的三年计划。就在增本几乎动摇之时，他的女儿荷子天真地发问："爸爸，为什么你身上总有一股硫磺味？"② 这最终促使他简化了自己的选择，决定投入更多的时间来观察和监管果园，抑制自己想走捷径的冲动。

增本对待自然的态度，从遭遇、对峙、敌对到转化，

---

① David Mas Masumoto, *Epitaph for a Peach: Four Seasons on My Family Farm*, p. 42.
② Ibid, p. 81.

经历了一个复杂的心路历程和认知过程。这也告诉读者：当我们尊重芸芸众生，尊重这些土壤、植物以及最后化育为食物的水果，知道它从哪里来，我们就会真正地理解和尊重自然。他也给我们提供了一个新的视角来重新审视生态的复杂性。杂草和虫害确实是农夫遇到的一大难题。毕竟，没有人喜欢在吃水果时发现虫子。农人如何拯救自己的果园？如何既不用化学产品来保护自己的土地，又能保住自己的农场，使其经营下去？农人常常受到民众指责："那些农民使用毒药！""这是他们的选择，不是吗？"报纸头条写道："农民污染了环境。"①农人被丑化和简化为一类形象——污染者和毒害者。事实上，把环境污染简单地归咎于农人，只是一种简单粗暴的行为，解决不了问题。农人劳作艰辛，生活不易。面对自然灾害，农人必须通过一些应急措施来应对危机和控制自然。而且农人并不是有意污染环境，有时他们并不知道哪些是有害的，而是信任和听从害虫控制顾问、化学药剂公司和政府管理部门的建议，在最初不知情的情况下使用了农药。增本的朋友，加州大学的研究员比尔，见证了自二战以来，随着工业化的变化，新的化学品如洪水般泛滥。本是战时使用的化学药剂，战后却走入农场，成了源源不断的农药。经典生态作家蕾切尔·卡逊在《寂静的春天》里、桑德拉·斯坦格雷伯

---

① David Mas Masumoto, *Epitaph for a Peach: Four Seasons on My Family Farm*, p. 82.

在《生活在下游》里对此有更为详尽的叙述。在农业资本化和工业化造成环境毒化的过程中，农民尽管有时不得已做了"毒化"的帮凶，但实际上很无奈。他们甚至不能决定自己种植什么、怎么种植。正如美国纪录片《食品工厂》里所展示的，千里之外的某个大城市的食品公司董事掌握着农业生产的决策权，农民们不能独立地做出生产决策。然而，一个农人不能自己决定种植什么、如何种植，何尝不是一种悲哀！

利奥·马克思（Leo Marx）在《花园里的机器》中提到了"简单田园"和"复杂田园"的概念。增本向我们展现的正是一个复杂的、真实的自然田园。这里没有阿卡迪亚的浪漫田园，悠然自得、宁静美好；有的是农人寒来暑往的辛苦。在田野里，除了农耕之苦，农夫要与自然竞争甚至斗争。一点也不作为，会变成不切实际的浪漫和乌托邦，可能给农民带来巨大损失。农民也无法操纵自然世界，农业技术并未像人们所想的那样彻底驯服自然，使自然完全失去野性。农场里，不可控因素要远远多于可控因素。通过增本的叙事，我们可以看到大自然时而温柔美丽，时而狂野惊骇。无论是夏日加州纵谷平均37.7℃以上的高温，还是冬天"北极狼"的寒冷来袭，农夫都得工作，哪怕身体的忍受力达到了极限。天旱的时候，农民担心缺水，渴望雨水；当雨水拯救干涸时，农民又担心可能出现的暴雨造成葡萄和水蜜桃腐烂。我们在批评农民时，很少想到农民在田间的劳作如此艰辛。土地、农作物和大自然的生命之网远比我们想象的更复杂。杀虫剂和除草剂既然危害如此之大,那为什么农人还要使用呢？农人对此知之多少？旁观者又知之多少呢？当旁观者用"生态中心主义"的价值观来批评农夫使用除草剂和杀虫剂时,农夫的挣扎与困境,又有谁知呢？对我们这些城市中人而言,水果、食物从何而来,我们根本一无所知。四体不勤、五谷不分,又如何能感受到农人的艰辛？一个农人想要保有自己作为农人的尊严和良心,在田间就得付出更多的努力和汗水。当我们认为所有杂草都是有生命的,荒野意味着美和自然,意味着健康时,我们是否同时能想到有些草对自然中的其他部分有害呢？如"约翰逊草就是毒药,一种专门毒害土地的特殊毒药",还有"狗尾根草"等。增本的叙事颠覆了我们已有的认知。因此要想真正解决关于土壤污染、食物污染的问题,必须首先真正了解农人之苦、农人之需与农人的无奈,给予农人更多的理解。站在农人的角度看农业,而不是高高在上地俯视,简单地批评。只有"无所偏庇,才能完整照见"。我们唯有"跳脱立场,才能真正地公平照看,才能同情共感,才能理解体谅"。[1]

知道杀虫剂与除草剂对人的健康、对环境的伤害,也知道农人种植过程中的艰辛与斗争,那么科学家能否尝试

---

[1] 蔡璧名:《正是时候读庄子:庄子的姿势、意识与感情》,北京:中信出版集团,2018年,第190页。

找出既能帮助农人,又不破坏环境的方法?科技与人文不是对立的死敌,在新时代里,它们应当合作,实现共赢。增本积极向生物学家学习,观察和了解害虫的生活习性,学习如何抓住时机,采用生物的办法去除桃树上的害虫,就是一种积极有益的尝试。科学技术是双刃剑。用得好,会促使人与自然更和谐相处。简单暴力的批评和非此即彼的二元对立做法都是不妥的。对话机制很重要。除了农人与科学家的对话,政府与企业应承担更多的社会责任。同时我们也应把食物放在自然生态、社会生态和政治生态这个大系统中考量,只有这样才能真正解决农业领域的生态问题。

五 增本的怀旧叙事与移情策略

帕特里克·霍根(Patrick Colm Hogan)指出情感反应是由具体的想象和情感记忆产生的,[1]但增本提出一个尖锐的问题:如果我们的下一代没有关于传统物种、传统农法和有机社群的记忆,那还有什么怀旧可言,又何来情感反应?如何保存这种珍贵且重要的情感记忆?增本对桃树的怀旧挽歌恰恰是对珍贵的记忆的保存。伊莱恩·斯凯丽(Elaine Scary)认为活力(Vivacity)源自再现感知的深层结构。有两个叙

---

[1] Alexa Weik Von Mossner, *Affective Ecologies: Empathy, Emotion, and Environmental Narrative*, p. 36.

事特征使读者能够体验斯凯丽所说的"非实际的、模拟的感知":一个是对感官的结果的生动描述;另一个是唤起产生这些结果的物质条件。①增本细致入微地描写了五种感官的体验,展示了看的艺术、听的艺术、尝的艺术、闻的艺术、触摸的艺术。增本的叙述有如一本文学指导手册,通过视景、声景、味景、嗅景和触景的再现,构成一幅立体图景。这本指导手册引领读者感受自然,使其最大限度地放大自己的感官感受,激发读者对自然的想象,使其在充分经历对农场四季的感官体验后加深对这一体验的理解。与此同时,增本的怀旧叙事中也复合了多重情感:与家人品尝太阳冠水蜜桃时的甜蜜、树上硕果累累却犹豫是否采摘时的苦涩、需要放弃传统品种推倒桃树时的哀婉与悲愤、月夜下与家人躺在木台上休息的平静、对家庭农场和物种多样性的丧失的忧惧等。特别是在《桃树挽歌》的后半部分,当作者费尽千辛万苦,好不容易找到了定制的消费者,坚持种植了有机太阳冠水蜜桃,满怀信心地要把这种健康食物奉献给消费者时,却再次受到了现实的打击。

> 我的桃子在秋末成了孤儿——我打了无数个电话却没有任何回音。我猜想可能出了什么问题。终于等来了关于下一季的回复:"我们不需要你的桃子了。"

---

① Alexa Weik Von Mossner, *Affective Ecologies: Empathy, Emotion, and Environmental Narrative*, p. 37.

第四章 哀婉与挣扎——大卫·增本的桃树挽歌　143

我惊呆了。我原本很自豪，我的桃子已经成为有机婴儿食品。我支持这种产品。我赞助了一次水果品尝会，四处分发样品，并分享了我为桃子找到家的故事。①

可经销商的拒绝和所谓的承诺（"我们一两年后会回来"）给了他当头一棒。他充满了悲愤之情：他的太阳冠水蜜桃没有家了。同样，由于负担不起传统物种的种植，他不得不挥泪砍杀红冠桃，其场面所引发的悲鸣和无奈，都深深地触动了读者，让读者心痛。

增本的自然种植叙事是对他生活的地方的回忆、珍爱与保存。农场和桃树都承载了无数家庭的记忆，如何把这种关于爱的记忆一代代地传承下去？"过时的"桃树和生病的父亲可能逝去，但这种记忆与情感不会消逝，而是存留在农耕的过程中以及与大自然的联系中。此外，他所怀旧的东西并未完全失去，但在失去的路上。他的预期性生态怀旧是对现实的对抗和反思批评。"承认损失并不意味着意识到某些东西已经失去而无法挽回，而是意识到哪些东西可以挽回。"② "生态怀旧很大程度上是通过行为来表达的。"尽管增本以小农场对抗农业资本主义明显是以卵击石，但

---

① David Mas Masumoto, *Epitaph for a Peach: Four Seasons on My Family Farm*, p. 186.
② Olivia Angé and David Berliner, eds., *Ecological Nostalgias: Memory, Affect and Creativity in Times of Ecological Upheavals*, p. 8.

他的抗争是有意义的。情感丰富的怀旧看似微小无形，但却充满力量。

增本的个人怀旧叙事是一种行动主义，但他并不限于个人的行动主义。他期望塑造生态文化的记忆功能，通过他的生态怀旧叙事引领更多人的行动主义，激发读者的共情，从而激活读者的"具身模拟"。① 在一个不断工业化、消费主义盛行的过程中，对于一个可能会在时间中消失的田园，我们需要用增本笔下的地方进行预期性生态怀旧。这种怀旧中蕴含的焦虑和担心，能唤醒人们的生态意识，使其投入改变的行动中：改变自己的生活方式、重塑生态观念，并将这一理念不断地延续下去。增本记录这样一种正在消逝的生活方式，本身就是一种应对、反思、对抗和批判。此外，他的怀旧叙事尝试重塑作为食物链一端的消费者的观念，建构合理的消费伦理。这种看似无力与无奈的怀旧隐含了高昂的、积极的态度。他对地方食物伦理的提倡，看似是区域的和地方的，但实则是全球的，甚至是更宏大的。因为他关注到了复杂的生命之网，看到了食物政治与食物霸权的问题，呼吁作为消费者的我们去行动。

---

① 瑞典生理学家赫斯洛夫（Hesslow）主张模拟是思维过程的组成成分。模拟有三个核心成分：行动的模拟、知觉的模拟、预期的作用。转引自叶浩生、曾红：《镜像神经元、具身模拟与心智阅读》，《南京师大学报》（社会科学版），2013年第4期，第100页。

第五章　悲伤与愤怒——特丽·威廉斯、大盐湖与单乳家族

特丽·威廉斯（Terry Tempest Williams）是美国当代重要的生态作家。她出生于一个信仰摩门教的大家庭，家族几代人都生活在美国摩门教的圣地犹他州盐湖城。除了生态作家的身份，她还是女权主义者、博物学家、环境保护领域具有影响力的生态激进主义者。威廉斯著述丰富，曾获纽约科学学会颁发的儿童科学图书奖（1984年）和犹他图书奖（2000年）、罗伯特·马歇尔奖（美国荒野协会颁给美国公民的最高荣誉）、蕾切尔·卡森荣誉奖、华莱士·斯蒂格文学奖和美国联邦野生动物保护特殊成就奖。她的作品主要有《白壳碎片：通往纳瓦霍之旅》（*Pieces of White Shell: A Journey to Navajoland*）（获1985年美国西南图书奖）、《无言的渴望：来自原野的故事》（*An Unspoken Hunger: Stories from the Field*）、《沙漠四重奏：一种爱欲景观》（*Desert Quartet：An Erotic Landscape*）、《心灵的慰藉：一部非同寻常的地域与家族史》（*Refuge: An Unnatural History of Family and Place*）、《发现破碎世界之美》（*Finding Beauty in a Broken World*）、《当她们羽翼尚

存：聆听母亲的无言日志》(When Women Were Birds:Fifty-four Variations on Voice)、《土地时光：对美国国家公园的个人地形描绘》(The Hour of Land: A Personal Topography of America's National Parks)。目前，《心灵的慰藉：一部非同寻常的地域与家族史》、《当她们羽翼尚存：聆听母亲的无言日志》、《发现破碎世界之美》已被翻译成中文出版。

威廉斯的作品个人色彩浓重，深深地植根于故土，凸显了美国西部的"地方诗学和地方政治"，同时展现了自我"在精神和生理上与自然的对话"，甚至将自己的身体融入自然。[①]她在作品中倾注了对美国西部的热爱与深厚情感。大盆地、科罗拉多高原的湿地和沙漠、犹他州的干旱荒野之地，在她的眼里都是极具生命力的存在。她勇于挑战和质疑美国政府的环境政策和做法，批评资本主义社会中人们洋洋自得的控制自然的态度，看到了女性和自然之间的联结与相似性，尝试通过写作来治愈和弥合人类与自然、与自我、与他人的分离。

本章选取威廉斯的代表作《心灵的慰藉：一部非同寻常的地域与家族史》，对威廉斯的生态怀旧叙事进行研究。该书是美国当代生态文学的经典作品，既是一部家族回忆录，又是一部非虚构的自然写作。威廉斯关于家庭与地方的叙事，使得大盐湖的风景生动起来，深深触动了读者的

[①] John Elder, "Foreword" in J. Scott Bryson and John Elder, eds., *Ecopoetry, A Critical Introduction*, pp. 973–974.

心灵。她从阅读日记中的回忆开始,打开了记忆的闸门。围绕着大盐湖水位的上涨、熊河候鸟保护区鸟类的逐渐减少、家中亲人的离世,悲痛的情绪慢慢延展开来。因为环境的破坏,威廉斯失去的不仅是童年的风景,还有家庭的风景。她尝试通过记忆寻找"回归家园之路",寻找心灵的避难所。在这种记忆之中,隐含了一种怀旧——对童年风景和家庭风景的怀旧之情,对曾经健康的环境与身体的怀念,对生态系统完整性的怀念。此时,衰退成为当前景观中的一部分。威廉斯的怀旧既是一种哀歌,满溢了悲伤和愤怒,又是一种警告和对环境的新认识,这种情感催化了她的批判精神和"以笔为战"的反抗精神。她犀利地批判了人类对自然的恣意破坏和以有用无用对自然待价而沽的态度,认为人类与非人类是在宇宙之中共存共荣的状态,破坏自然的身体就是损毁人类的身体。

一 对童年风景和家庭风景的怀旧

童年风景的消逝

威廉斯把与家人在荒野中度过的日子奉作神圣的时光。一家人对乡村及沙岩景色无比热爱。在西部大盆地中斯坦斯伯里山或迪普克里克山的小溪边露营时,她与母亲坐在杨树林的圆木上聊天,听父亲讲述儿时的故事,一起仰望西部大盆地那繁星点点的夜空。家人们一起沿宰恩国家公园的科罗布小道徒步旅行,攀登天使降临峰,在那里欢快地度假。威廉斯在母亲的带领下,慢慢没有了最初对大盐湖的臭鸡蛋味的厌恶,逐渐开始享受自由地仰面漂浮在大盐湖上,学会了走入大盐湖、了解大盐湖。她从九岁开始与祖母在熊河边一起观鸟;十岁时参加了奥杜邦护鸟协会举办的大盐湖湿地的观鸟活动,与祖母一起记录鸟类,从此展开了对鸟类的专注观察。① 鸟类、大盐湖与威廉斯及其家人形成了一种风景。他们在同一地域长久生活,"共同拥有一部自然史",②彼此深深依附着,构成一个生态和生命的共同体。然而,大盐湖的水位上涨,破坏了这一风景。

  想到要失去的一切,深深的悲哀涌上我的心头。大盐湖的水位涨得如此之高,令我想起记忆中的邦纳维尔湖和再现的邦纳维尔湖。山顶覆盖着白雪的沃萨奇山脉仿佛从碧波粼粼的海面中升起。我没有做好心理的调节。我不停地梦到我所知道的那个鸟类保护区:湿地边缘那些绿色繁茂的灯芯草,藏身于香蒲之中的苍鹭,池塘中绕着圈子嬉水的鸭群。我吹起这一幅幅

---

① [美]特丽·威廉斯:《心灵的慰藉:一部非同寻常的地域与家族史》,程虹译,北京:生活·读书·新知三联书店,2010年,第12页。
② 同上,第19页。

第五章　悲伤与愤怒——特丽·威廉斯、大盐湖与单乳家族

的影像如同吹起寒夜中那奄奄一息的余火。①

作者怀念的不仅是童年时的自然风景，还有更久远的未经破坏的自然风景。大盐湖地区看似荒凉贫瘠，实则充满了生命力。根据早期探险家的日记中的记忆，1850年时大盐湖群岛布满了野生水禽。鸟类展翅高飞时往往遮天蔽日。然而，到了1958年时，集群营巢的鸟类逐渐放弃大盐湖中的岛屿栖息地。除了在熊河候鸟保护区的老堤坝上看到过几百只海鸥集群营巢，威廉斯从未在大盐湖的岛屿中见过它们。②到了20世纪80年代，大盐湖的水位明显上涨。从1982年到1984年，大盐湖的水位上涨了约10英尺。集群营巢的鸟类、盐湖湖水的波动及湿地三者之间的平衡极为脆弱。看似小小的10英尺变化，但却关涉人类和鸟类的正常生活。水位涨到海拔4206英尺时，就会淹没熊河候鸟保护区；4208英尺时，就会淹没湖岸的开发地区；4220英尺时，就会淹没盐湖城国际机场。1987年，水位上涨至4211.85英尺，洪水吞没了堤道，切断了道路，淹没了对北美水禽和沙禽至关重要的自然繁殖地（候鸟保护基地）。

湿地是地球上最具繁殖力的生态系统，也是受到威胁最大的生态系统。"大盐湖湿地曾经拥有最多的美洲潜鸭，但

---

① ［美］特丽·威廉斯：《心灵的慰藉：一部非同寻常的地域与家族史》，第161页。
② 同上，第79页。

受到洪水的打击，它们现在不繁殖后代，数目下降了60%至80%。"①鸟类栖息地的损失与其繁殖力之间存在密切关系。湿地在春秋季的鸟类迁徙中支撑着上百万只鸟的生活，但湖水的上涨淹没了湿地，导致鸟类的食物短缺和筑巢地缺乏。鸟类被迫放弃了大盐湖。在大盐湖涨水之前，每年秋季有成千上万只小天鹅落在熊河湾。据统计，在10月中旬至11月中旬之间，熊河候鸟保护区有多达六万只小天鹅，是北美迁移小天鹅中最大的群落。但是到了1984年，在候鸟保护区只有259只小天鹅；1985年，仅剩下三只。威廉斯在《心灵的慰藉》中的一个"小天鹅葬礼"片段的描写，令人触目惊心与扼腕。小天鹅从北方不远万里不分昼夜迁移而来，却被大盐湖的洪水击昏并淹死在洪水中。她充满了悲伤，为它举行了葬礼。威廉斯把小天鹅的两个翅膀从身体下理出来，平放在沙地上，铺开它卷在一起的长脖子，把它抻直，寻找两粒黑石子置入它的眼眶，用唾液擦拭天鹅的嘴和脚，然后躺在它的身旁，想象着这只白色的大鸟展翅飞翔的情景。②大盐湖是这些候鸟的保护基地。没有这些保护基地，数以百万计的候鸟将无法成功地迁徙。小天鹅的遭遇只是众多鸟类的悲惨遭遇的一个缩影。

威廉斯的自然史记录和艺术叙事叠合在一起，既真实

---

① ［美］特丽·威廉斯：《心灵的慰藉：一部非同寻常的地域与家族史》，第127页。

② 同上，第140页。

第五章　悲伤与愤怒——特丽·威廉斯、大盐湖与单乳家族

再现了大盐湖和鸟类的危机，又能帮助读者理解抽象的环境危机。当我们听到或看到新闻报道中关于物种濒临灭绝的抽象数字，久而久之会变得麻木和漠然，丧失同情心，因为在信息爆炸和过载的今天，人们早已湮没在信息之中。再多的关于环境危机的数字信息也难以激起一丝波澜，因为它们离我们太远、太抽象，超过了我们的认知和情感负荷。而此处，威廉斯更像一个翻译数字语言的翻译家，把客观的统计数据转化为细微如画的动人故事，帮助读者克服面对数字和海量信息时的麻木，有力地激发了读者的同理心和情感，并成为读者的道德指南。如司各特·斯洛维克在《数字与神经》一书中所指出的，作家和艺术家的作品，平衡了数字与情感，能减少我们对信息超载的恐惧，从而使我们更好地理解这个世界。①

威廉斯并不排斥对数字语言的应用。她也用精准的数据告诉读者，"在过去的一百多年里，加利福尼亚州失去了95%的湿地。在过去的两年中，犹他州失去了85%的湿地。当湿地被毁灭时，与它们一起消失的不仅是在那里栖息繁殖的鸟类，而且还有许多别的物种。以犹他州为例，虎纹钝口螈、豹斑蛙、兰花、金凤花、数不尽的昆虫和啮齿动物，以及依赖它们生存的鸟类和哺乳动物全都消失了。在全国范围之内，有76种濒临灭绝的物种依赖湿地生存。干旱、

---

① Scott Slovic and Paul Slovic, eds., *Numbers and Nerves: Information, Emotion, and Meaning in a World of Data*, pp. 7–9.

加州中部盆地中的高度污染、开发等都在导致湿地逐渐消失，进而又导致鸟鸣声的消失"。①这让人联想到蕾切尔·卡逊的《寂静的春天》。本应是万物苏醒、百花开放、百鸟争鸣的春天，结果却因为滥用杀虫剂，导致了一个死寂的春天。此外，威廉斯还一针见血地指出，"对犹他州湿地的鸟类及动物造成威胁的并非严酷的冬季或每年的洪水泛滥，而是缺乏土地。当大盐湖一年一度的涨水处于正常范围时，鸟类只是迁移至高处。它们总会发现新的栖息地，打造新的栖息地"。②可如今，随着开荒造田、土地开发、高速公路及交通的飞速发展、公寓大厦的开发，供鸟类生存的资源日益减少。鸟类和其他野生动物最终成为难民，不得不在犹他州与内华达州际公路铺满碎石的路肩、高速公路、机场、城市的废弃之地、垃圾场等地寻找最后的栖身之所。

家庭风景的破碎

在大盐湖风景被破坏的同时，威廉斯的家庭风景同样因受到污染和毒性环境的影响，发生了变化。信奉摩门教的威廉斯一家，三代女性都患有乳腺癌。她的母亲、祖母、外祖母以及六位姑姑和姨妈都做了乳房切除手术，其中有七人已经过世。威廉斯自己也被确诊为乳腺癌。这是威廉

---

① ［美］特丽·威廉斯：《心灵的慰藉：一部非同寻常的地域与家族史》，第126页。
② 同上，第126页。

斯的家族史，一个悲哀的单乳女性家族。

威廉斯虽然没有明确点出大盐湖的环境破坏与母亲病情的直接关联，但在回忆录中，她展示了两条穿插并行的线索：一条线索是对20世纪80年代美国犹他州的大盐湖与熊河候鸟保护区的自然史的记录，其叙述翔实、科学、严谨，细致真实地再现了大盐湖的水位上涨变化的过程、湿地被破坏和鸟类减少等生态破坏的情况；另一条线索是对母亲身患癌症、病情恶化以及她如何学会面对生命流逝的痛苦的描写，大自然与母亲这两条线索看似平行，但最终汇集于作者对人类与自然相互缠绕、相互作用的共同命运的思考。威廉斯通过对身体与环境的写作，试图通过她的家族故事和大自然的故事，让读者看到"劫难是没有边界的"①，人类与自然的命运息息相关，当童年的风景受到破坏之时，家庭的风景也难以保全。

威廉斯详述了母亲身体的变化。从发现肿块、诊断、手术到化疗，从止痛药到含鸦片的麻醉剂、吗啡点滴，这具毒性身体承受着无数的痛苦，不可阻挡地衰退着：留着刀痕的身体日益消瘦；手脚冰凉颤抖；身体从断续的疼痛到疼痛得难以忍受，发出痛苦的呻吟；秀发因注射环磷酰胺、顺铂及阿霉素而掉光；剧烈呕吐直至吐出黑绿色的胆汁，脖子肿胀，呼吸艰难；眼圈乌黑、双眼深陷、神色恐

---

① ［美］特丽·威廉斯：《心灵的慰藉：一部非同寻常的地域与家族史》，第36页。

惧，脸如同蜡膜遗容；整个人变得皮包骨头，最终肉体完全萎缩和凋谢。身体上的创伤已然触目惊心，再加上心灵上的折磨——惶恐、焦虑、压力和悲伤——一个健康的人至此遭到了彻底的毁灭。

癌症不仅毁灭了母亲的身体，还摧毁了家庭的风景。它打破了家庭风景中的平静和谐，带来了难以言喻的伤害。随着母亲的发病、确诊和治疗，家人的忐忑不安、恐怖的颤栗、无能为力和牵肠挂肚的痛苦，在这片家庭风景中蔓延开来，一如威廉斯的书中所引用的诗人罗伯特·哈斯的诗句所言，"痛苦在紧绷的神经中悲吟"。[①]母亲去世后，威廉斯在散步时看到被随意射杀后散落在沙滩上的水鸟，才发现自己的悲痛超过了想象，被射杀的水鸟、岩石上无头去尾的响尾蛇、被抽水的盐湖和遭水淹的沙漠，已经都是她广义上的家人。自然的创伤和家庭的创伤，就此被生生撕裂开来，完整的家庭风景自此破碎。

二 对"廉价自然观""技术乌托邦"和"慢暴力"的批评

曾经美好的童年风景和家庭风景，如今破碎不堪，这无疑给威廉斯带来了一种强烈的冲击。她的怀旧情感杂糅了多重情感，甜蜜的、痛苦的、悲伤的、愤怒的，也蕴含

---

① ［美］特丽·威廉斯：《心灵的慰藉：一部非同寻常的地域与家族史》，第293页。

了一种强有力的批评与渴望。她批评了这种廉价自然观和技术万能论、毒性环境产生的慢暴力。她积极抗争,渴望修复现有的自然和重建家园。

廉价自然[①]

荒野在传统上被认为具有以下三种特性:"一,分离性。因为荒野是糟糕的、邪恶的、残酷的等等,所以它必须从人类中分离出去,与人类社会划出明显的界限,保持在文明空间之外;二,野蛮性。荒野之内的居民是非人类的野兽,因而相应地被恶魔化和贬低化;三,低劣性。相较于荒野,文明世界的居民深感其所存在的空间作为一个德行安息之所的优越性。"[②] 出于对荒野的这种认识,长期以来荒野遭到人类的厌弃,被认为是无用之地。尽管近年来,随着环境运动的兴起,人们逐渐改变了过去的一些观点,开始发现和尊重荒野的价值,但是这种改变并不是一蹴而就的。在《心灵的慰藉》中,威廉斯一边向读者展示沙漠和湿地的内在价值,另一边呈现了它们被当作可以被任意征用、改造甚至毁灭的廉价自然的悲哀。

沙漠——地图上的空白点,在一些人眼中,是一个空空如也的无用之处。它单调乏味、杳无人烟。如果说还有

[①] "廉价自然"这一术语来自杰森·摩尔(Jason W. Moore),详见其作品 *Capitalism in the Web of Life: Ecology and the Accumulation of Capital*。

[②] David W. Teague and Michael Bennett, eds., *The Nature of Cities: Ecocriticism and Urban Environments*, Tucson: University of Arizona Press, 1999, p. 139.

那么点用处的话，那就是可以成为试验神经瓦斯、催泪弹和堆积毒性废料的首选的荒地。原子能委员会的一位官员曾评价道，犹他州的圣乔治与内华达州的拉斯维加斯之间的沙漠"是扔弃旧剃刀刀片的好地方"。①因此，布满红石的辽阔荒原被拟定为核武器垃圾站。大盐湖的沙漠还被军方认为是试验生化武器最理想的地点。二战以来，美国空军进行了大量的试验任务。希尔空军基地在盐湖西部的测试训练靶场定期投放炸弹，有时甚至日投放量高达二万五千磅。②然而，沙漠不是廉价的自然和可以扔废弃品的地方。它是有生命的。大自然可以感觉到这些炸弹对它们的灼烧。"兔子感觉到了震动。它们前爪后脚上的皮掌觉察到了沙漠的摇动。牧豆树和山艾树的根在烧，岩石从里到外都滚烫，尘埃的妖魔哼着怪调。"威廉斯将沙漠比作孕育胎儿的母体，然而这具母体被人类不断地伤害，"沙漠下面那红色的、灼热的疼痛所承诺的只是死亡，因为每一枚炸弹都成了一具死胎"。③威廉斯的寓意非常醒目：人类与大地的健康息息相关。大地犹如我们的母体，如果母体受损了，人类何来安全和健康？事实上，这些投放的炸弹不仅对当时的大地有影响，而且还有更大的潜在威胁和风险，因为有些

---

① ［美］特丽·威廉斯：《心灵的慰藉：一部非同寻常的地域与家族史》，第285页。
② 同上，第302页。
③ 同上，第336-337页。

第五章 悲伤与愤怒——特丽·威廉斯、大盐湖与单乳家族

试验炸弹并没有爆炸,特别是埋在盐碱荒漠中的防水炸弹。这些潜在的威胁,尤如达摩克利斯之剑,时刻悬挂在人们的头上,不知何时这风险就会爆发,人们不得不成为生态难民。

除了沙漠,被视为城市周边的废地荒原的湿地,也一直是挖掘、抽水及泄水的对象。威廉斯对人们想要在犹他州建造一个无盐的大盐湖"沃萨奇湖"的设想感到震惊。开发商联合会打算在介于八十号州际高速公路、安蒂洛普岛、弗里蒙特岛、普罗蒙特里波因特之间的四个县内修筑长达18英里的跨岛大坝,从熊河、韦伯河、奥格登河、乔丹河以及其他支流引水注入大盐湖。商人们认为新建的沃萨奇湖是一个梦想的空间,会带来无限商机——湖畔可以开发地产;安迪洛普岛可以建造一个拥有高层旅馆和公寓楼的主题公园。无价值的大盐湖终将被人类创造出价值。① 可鸟类和大盐湖怎么办?存在于自然之中的野性呢?威廉斯自孩童时起就树立的精神信仰是:"相信生命在大地出现之前就已经存在,并且在大地出现之后继续存在;相信每一个人、每一只鸟、每一株灯芯草以及所有其他生物在其他生物在其生命的实体来到世上之前都有一种精神的生命。每一生物都被赋予特定的影响范围,每一生物都有其特定

---

① [美]特丽·威廉斯:《心灵的慰藉:一部非同寻常的地域与家族史》,第321–332页。

的位置及目标。"①无论是湿地,还是沙漠的干涸、荒凉,甚至严酷,在威廉斯眼中,都彰显着荒野之美。她对此从没有厌弃和恐惧,而总是抱有一种朝圣的心态,用心地倾听大自然。她看到了大地与自己的息息相关,认为自然风物会塑造一个人的风貌。她把自己在自然中受的伤当作沙漠刻上的印记,认为那也是地图上的一处自然风貌。"地图上的一处空白点是请我们去与自然会面的邀请函,在那里,走进荒野意味着寻求冒险,而冒险又使得感觉更为敏锐,从而令生活更加美好。"②

然而,"执政者不懂得土地、水和空气都有它们自己的思想"③,只是一味地把自然看作廉价的资源库,是可以任意宰割和利用的他者,甚至把自然的某些部分看作是无用的,可以随意将其当作垃圾场。当然,人们对自然的利用也是无所不用其极,如把"盐湖水抽入沙漠"塑造成奇迹,炒作成犹他州在国际范围内的旅游亮点,吸引人们登上从犹他州盐湖湖畔至提水站堤道的公共汽车,亲眼目睹抽水机如何工作。④这些都颇具讽刺意义。类似的讽刺在《心灵的慰藉》一书中还有很多,比如人们对大盐湖湖畔那么多真实的鸟不予关注,却在每家的庭院之中立着鲜艳的假的塑

---

① [美]特丽·威廉斯:《心灵的慰藉:一部非同寻常的地域与家族史》,第11页。
② 同上,第287页。
③ 同上,第161页。
④ 同上,第291页。

料火烈鸟,在西部沙漠中竖起钢筋水泥铸成的景观树来打破沙漠的单调乏味等。

这些都发人深省:无数撼动人心的大自然风景,人类不去欣赏,反而来欣赏人类控制自然的手段,欣赏人造的景观和塑料鸟?在现代工业文明下,人类越来越脱离大自然。威廉斯借肯尼亚的朋友瓦格利·韦格瓦-斯通之口,批评人们"忘记了与大地的亲情,人类彼此之间的亲情也变得淡薄,他们躲避责任,生怕遭连累。人们宁愿被动地忙碌,而不是积极地投入"。①瓦格利是在非洲的天空下长大成人的,从不畏惧黑暗。明亮的繁星成为在黑夜里给她指路导航的地图。她只要抬头一望,就知道身在何处。但她哀叹自己的儿子们早已丧失了这种与自然的亲近,没有丝毫的想象力来展示夜空中那些可以畅游的星路,不再享有这些自然的向导。如果我们贴近大地,大地就会滋养我们。同样,被养育的我们也需要呵护、珍爱脚下的土地。这是一个生命循环和生态共同体的问题。"空空的鸟壳意味着空空的子宫。大地出了毛病,我们也不会健康。"②地球的安好与否与我们自己的身体健康与否息息相关。如果我们认识不到自己与大地的血缘关系,恣意破坏和掠夺大地,势

---

① [美]特丽·威廉斯:《心灵的慰藉:一部非同寻常的地域与家族史》,第159页。
② 同上,第307页。作者参观自然历史博物馆时看到的鸟蛋收藏品,实则只是一个被抽空的蛋壳,作者认为这是一种对生命的亵渎,以生物学的名义牺牲了鸟蛋。作者由此延伸了对孕育生命和生命起源的思考。

必会遭到大地的反噬。威廉斯家族的女性罹患癌症的过程与大盐湖的水位变化近乎吻合的发展轨迹，无疑是一个典型的喻示和警示。

> 1983年，大盐湖水位开始上涨，母亲戴安娜病情开始恶化，癌症转移到腹部。从1984年到1985年，当大盐湖水位趋于平稳甚至有所回落时，戴安娜的病情也开始稳定。1986年，大盐湖水位不断上涨并且居高不下，熊河候鸟保护区办公室被迫正式关闭，与此同时，戴安娜的病情再次恶化，人类强行干预的癌症化疗无效。1987年，大盐湖水位创下历史新高，成为一片海洋，鸟类被迫离开，母亲也放弃化疗，痛苦却平静地享受最后的时光，等待死亡的降临。①

与此同时，控制自然与控制人是不可分的。投放炸弹也好，改造大盐湖也好，全然没有考虑到那些生活在大盐湖和沙漠周边的人，或者说是有意忽略这部分人的存在。当原子能委员会将内华达试验基地北部的乡村描述为"名副其实的无人居住的沙漠地域"时，威廉斯的家人及大盐湖的鸟类就被划入了"名副其实的非宜居区域的居民"。②

---

① 谭琼琳、邓瑛瑛：《〈心灵的慰藉〉：记忆的复调性与风景的多维性》，《外国文学研究》，2018年第1期，第49页。

② [美]特丽·威廉斯：《心灵的慰藉：一部非同寻常的地域与家族史》，第336页。

这些"看不见"的居民未能享有任何公民参与环境决策的权利，却承担了环境污染及环境风险等负面环境后果的不平等分配。在承担环境污染的风险之后，却未能享有受害补偿。甚至在他们为自己争取权利和补偿时，却再次被忽视和抛弃。美国学者罗伯特·布拉德（Robert Bullard）和班杨·布赖恩特（Bunyan Bryant）的研究表明，有色人种、非裔美国人和贫困社区人口承担了过多的环境污染负担，主要表现在有毒废弃物的留存、倾倒，以及不健康的生活和工作环境等方面。①

技术乌托邦与控制自然的自鸣得意

大盐湖的湖面海拔不得超过4202英尺。②
——犹他州议会1975年颁发的法令

这一法令相当具有讽刺性，令人啼笑皆非。大自然会听从人类的指令吗？显然不会，1985年，大盐湖湖面海拔达到4206英尺，1987年水位上涨至4211.85英尺，超过了法令规定。

---

① 刘海霞、于恬：《群体正义视角下环境正义的核心议题及现实意义》，《鄱阳湖学刊》，2020年第6期，第71页。
② ［美］特丽·威廉斯：《心灵的慰藉：一部非同寻常的地域与家族史》，第63页。

面临大盐湖水位上涨的危机,人们给出了从三百万美元到五亿美元的耗资不菲的五种解决方案。有些解决方案相当匪夷所思,犹他州政府给出的有关控制大盐湖的文件中的选择方案有:一,建议用核武器轰炸大盐湖,借助核爆破,炸出一个洞,从而将湖水抽向地心;二,将湖水染成紫色。深紫色确实可以将湖水蒸发量提高10%至15%,但将大盐湖染成紫色需要投入大量的染料,"因为每次投入的染料只能渗透湖水表层下的三十英寸,所以他们必须重复给大盐湖上色,而且由于大盐湖的水域面积有三千英亩英尺,这项控制盐湖的方案不但会耗尽世上的紫色染料资源,还要花掉纳税人三亿美元"。[1]这些方案看似可笑至极,实则反映了人们的一种狂妄自大、极端的技术自信和技术至上主义。此外,每当人们应对生态问题时,人们首先考虑的是经济问题,如何挽救工业,如何降低修补的费用。如:洪水造成了在铁路、运输、矿业、野生动物、娱乐业和房地产方面2.4万美元的损失,大盐湖南岸的潜在损失接近十亿美元。当地政府考虑到大盐湖畔工业在金融方面受到的重创,最终采取了"西部沙漠提水工程"的方案,认为它能从洪水中挽救盐业和矿业公司、阿马克斯公司、南太平洋铁路和太平洋联合铁路的产业。[2]该提水站工程预计

---

[1] [美]特丽·威廉斯:《心灵的慰藉:一部非同寻常的地域与家族史》,第291页。

[2] 同上,第152页。

第五章　悲伤与愤怒——特丽·威廉斯、大盐湖与单乳家族

将把大盐湖的水位降至海拔4208英尺。1988年，西部沙漠提水站获得了由美国土木工程协会颁发的杰出土木工程奖获奖提名。"该奖表彰的是那些显示出高超的工艺并对土木工程进步和人类做出巨大贡献的工程项目。"从该颁奖词中，我们可以看到，人类自认为可以控制自然，而且还做得不错。因此，当提水工程竣工时，人们欢呼着"大盐湖已在我们的掌控之中","我们最终掌握了控制权"①，甚至认为能把湖水中的盐全都抽出来。威廉斯毫不留情地质疑和批评了人们这种技术乌托邦式的或技术万能派的自鸣得意，指出了这项工程并未像人们想象的那样美好。它存在一些弊端：首先，费用高昂。除了先期投入的六千万美元，运转这些水泵每年还需耗资二百三十万美元，另外每月为发动水泵所需的天然气费也需十万美元。而这项工程只是在一系列特定的情况下才能有益于犹他州。在暴发大洪水和旱灾的情况下它就不能发挥任何作用。此外，盐水会腐蚀由铝铜合金制造的水泵，使其仅有五十年的寿命。更堪忧的是，美国空军在环境评估报告中表示：自二战以来所进行的试验任务中，尽管大多数炸弹都在弹着点爆炸，但有些则没有爆炸。那些没爆炸的炸弹，包括一些埋在盐碱荒漠中的防水炸弹，很有可能会被提水工程中的蓄水池中的水冲动，漂浮向大盐湖。故而又得在西部沙漠修一个"炸

---

① ［美］特丽·威廉斯：《心灵的慰藉：一部非同寻常的地域与家族史》，第302页。

弹捕捉网",用以捕捉含磷燃烧弹和装在军用帆布袋中的各种类型的炸弹……①然而,即使能够运转这些造价不菲的水泵,"将二百二十万英亩英尺移到西部沙漠"②,才有望把湖水水位在第一年降1英尺。这一令人沉重的事实无疑给了人们当头一棒——技术不是万能的。自19世纪工业革命以来,技术确实极大地改变了人类的生活,推进了人类社会的发展,但这并不代表人类可以恣意妄为和无所不能。上一章所提到的美国日裔作家增本在《桃树挽歌》中描述的农场一幕,与此处威廉斯批评的大盐湖技术改造何其相似。推销者把技术产物当成灵丹妙药,认为没什么是技术解决不了的,给增本强烈推荐了一种"叶面施肥"的产品。增本使用后,发现叶子变黄、飘落,最终全部枯败。桃树被这种营养过剩的肥料烧死了。他的种植经验证明了人类哪怕想微微推动自然向前都是不可能的,更别妄图控制自然。自然是不可控的。增本也由此明白,"农业是一种回应自然的游戏"③。当你想要愚弄自然,拔苗助长时,自然也会狠狠地打击你;当你破坏了自然时,自然也需要时间来治愈。他接受了自然的惩罚,清除了枯木,也知道之后的两年会有更多的枯木。他把死去的树枝烧掉,然后用刮刀把树的

---

① [美]特丽·威廉斯:《心灵的慰藉:一部非同寻常的地域与家族史》,第301页。
② 同上,第293页。
③ David Mas Masumoto, *Epitaph for a Peach: Four Seasons on My Family Farm*, San Francisco, p. 181.

"骨灰"撒在田里。每年秋天，他刻意在屋里放着一袋未用过的鱼叶喷雾，用以提醒他那些被肥料烧死的叶子。

蔑视自然、只谈技术的做法，显然是荒谬可笑的。然而，很多人依然不可救药地陷入盲目自信和对技术的盲目崇拜中，深信技术是万能的，可以改变和拯救一切。"有些人甚至认为，技术不再是我们所使用的东西，而是我们自身不可分割的一部分。"①生态环境破坏了，可以利用先进的技术去修复，尤其是现在的技术如此发达，日新月异，有什么是技术做不到的呢？可事实上，生态一旦遭到破坏，想要完全修复已然不可能。以熊河湿地为例，它要在大湖退水之后的三至七年才能产生重要的转机，因为土壤含盐量过高。要恢复土地的养分，要使湿地再长出植物，这个转变过程需要十五至二十年。而且无论人类如何努力尝试去恢复生态系统的健康，也不能完全复原生态系统。正如威廉斯所言，"有一种临界，我们一旦跨越，便无法恢复"②。无论是增本还是威廉斯的叙事，都告诉我们：大自然绝不是惰性的、无意志的存在，而是充满了活力的生命存在。它拒绝被人类驯服。尽管犹他州在大盐湖的身上筑坝，在她的岸边修路，让她的水流转向，但这些最终都无关紧

---

① Ursula K. Heise, Jon Christensen and Michelle Niemann, eds., *The Routledge Companion to the Environmental Humanities*, p. 15.
② ［美］特丽·威廉斯：《心灵的慰藉：一部非同寻常的地域与家族史》，第128页。

要。大盐湖比人类存活得更长久。我们切勿妄想以技术来控制和统治自然，否则只能遭到大自然无情的嘲笑。

此外，像西部提水工程这样的工程所塑造出来的景观，也可以称之为反景观。大卫·奈伊（David Nye）将反景观定义为"不能维持生命的空间。它们可能产生于自然原因，但往往是人类行为的结果。反景观一直是文化地理学家和环境史学家的作品中的一个潜在主题。他们关注景观的被破坏情况，例如因为土地滥用、工业污染或不小心存放有害废物而导致的反景观。人们对这样的地方（反景观）可能会产生恐惧、预感和厌恶，而这种情绪反应通常直接来自感官印象。在其他情况下，恐惧基于我们的感官无法察觉的知识。危险化学品可能没有味道，致命的气体可能没有气味，而放射性是不可见的"。①我们会发现，反景观是人类创造的，但人类却无法阻止自己无意中启动的风险，而这种风险可能带给人类难以修复的伤害。

毒性环境的慢暴力与单乳家庭

面对家中一个接一个平凡而又英勇地死去的女人，威廉斯追问了疾病的来源。肿瘤，究竟是外来物还是人体自身衍生出来的肿块？威廉斯通过与父亲的交谈和对资料的整理，发现了她们的疾病并不是空穴来风，而很可能是美

---

① David E. Nye and Sarah Elkind, eds., *The Anti-Landscape*, Amsterdam, New York: Rodopi, 2014, pp. 13–15.

第五章　悲伤与愤怒——特丽·威廉斯、大盐湖与单乳家族

国内华达试验基地进行的系列核试验的放射物所引发的。从1951年至1962年，美国在内华达州进行了地上核试验，特别是1957年的核试验，是美国内陆地区最强烈、持续时间最长也最有争议的试验。然而，民众缺少知情权，对核辐射的危害知之甚少。谁都没想到，那在沙漠的夜空中闪耀夺目的"人为之光"，渐渐地成了一个个家族的噩梦。威廉斯在童年时看到过、听到过、感觉到过原子弹的爆炸。爆炸时，似乎天空都在颤抖，沙漠上升起金黄色的"蘑菇云"。即使远离爆炸地点，依然有一层薄薄的尘埃落在威廉斯家人的汽车上。对这薄薄的尘埃，人们并没有多想，因为"在50年代，那是司空见惯的事儿"。在西部沙漠，人人皆知"轰炸了犹他州的那一天"，或轰炸了犹他州的那些年。民众一直生活在蒙骗之中。美国西南部的孩子是喝着受污染的牛产出的奶，甚至喝着母亲的受污染的母乳长大的。① 因此，威廉斯的单乳女性家族也就不奇怪了。她的家庭只是身处内华达州中被污染的无数家庭的缩影。南希·图纳（Nancy Tuana）在《粘性孔隙度：见证卡特里娜飓风》一文中提到，"自然与社会之间并没有固定的分界性"②，"我们的身体和我们所在世界的身体之间的界限是多

---

① ［美］特丽·威廉斯：《心灵的慰藉：一部非同寻常的地域与家族史》，第333页。

② Nancy Tuana, Nancy, "Viscous Porosity: Witnessing Katrina" in Stacy Alaimo & Susan Hekman, eds., *Material Feminism* (pp.188-213), Bloomington, Indianapolis: Indiana University Press, 2008, p. 192.

孔的",这种粘性的孔隙可以使我们茁壮成长,如吸入生存所需的氧气,代谢身体所需的营养,但它也有可能和毒性物质结合在一起。①粘性的孔隙度使得双方彼此渗透、交互作用。

20世纪50年代,美国政府用"国家安全大于公共健康"的理由,把核试验放在公众健康之前,将放射落尘覆盖于"那些人口稀疏的地区",并声称"核试验是在有安全保障的有利条件下,在轰炸保留地进行的",公众只是可能会有些灼热感、起泡和恶心,无需恐慌。一份原子能委员会的宣传册如是说:"你们最好的行为就是不要担心放射落尘。"甚至有一份新闻稿声称,没有任何证据表明放射落尘会对个人造成伤害。②民众在这样的欺骗下,遭受着环境污染的慢暴力伤害。更过分的是,即使民众之后知道了核试验的危险和伤害,依然无法为自己讨回公道。1984年,联邦法庭首次判决核试验是致癌的祸首,受害者有权利获取损害赔偿金。尽管该判决被公认为是具有划时代意义的,但判决结果没能维持多久。1987年,联邦上诉法院第十巡回审判庭推翻了该判决,理由是美国受到主权豁免法的保护,免受起诉。1988年,最高法院拒绝复审巡回审判庭的判决。"'在美国这样的民主国家里,社会环境风险分布不

---

① Nancy Tuana, Nancy, "Viscous Porosity: Witnessing Katrina," p. 190.
② [美]特丽·威廉斯:《心灵的慰藉:一部非同寻常的地域与家族史》,第333页。

均不仅构成了道德不公，而且还构成了政治和法律不公。'克里斯汀·施雷德·弗莱切特（Kristin Shrader-Frechette）指出，'每当一些个体或者群体承担了不相称的风险，如危险废物倾倒带来的风险，或者无法平等地享受诸如清洁空气之类的环境物，又或者没有那么多参与环境决策的机会时，环境正义问题就会出现'。"①

针对这种环境的非正义，威廉斯辛辣地讽刺道："对我们的司法制度而言，美国政府是否不需负责，它是否向自己的公民撒谎，甚至公民是否死于核试验的放射落尘都无关紧要。关键是我们的政府享有豁免权：'国王无错。'"②面对美国政府的不负责任、漠视与欺骗，威廉斯愤怒不已。然而令威廉斯更加生气或悲哀的是普通民众的冷漠、麻木与胆怯。他们不敢或从未质问过那些进行核武器试验从而导致犹他州的乡村居民死亡的权威。他们犹如"任人宰杀的羔羊或已经死去的羔羊"③，就像她的母亲一样。威廉斯为这种沉默感到震惊。她把对母亲的思念、对鸟类和大盐湖的关注，转向发掘事情的真相，提出自己的质疑和批评：人口稀疏的地区中的少数人（少数族裔、宗教的少数派、底层民众）就可以被忽略不

---

① Alexa Weik Von Mossner, *Affective Ecologies: Empathy, Emotion, and Environmental Narrative*, p. 99.

② ［美］特丽·威廉斯：《心灵的慰藉：一部非同寻常的地域与家族史》，第334页。

③ 同上，第335页。

计吗？荒漠就是无意志、惰性的存在，可以任由人类排放核废料，倾倒垃圾？受伤的环境和患癌的人类之间究竟有无必然联系？

三 以笔为战：为自然和家人发声

威廉斯的怀旧叙事中充满了浓浓的伤痛：家人离世带来的悲伤，对曾经健康的身体、美好的风景和家园的哀悼。那些熟悉并时常回顾的风景成为抚慰心灵的地方。那些地方之所以令人心驰神往，是因为那片风景的独特、它们与我们的息息相关、它们所讲述的故事、它们所拥有的记忆，都不停地召唤我们频频回返。威廉斯通过自身的故事，把人类的命运与鸟类、大盐湖的命运联系起来。她的《心灵的慰藉：一部非同寻常的地域与家族史》既是自传，又是一部关于大盐湖、湿地和鸟类的百科全书，呈现了犹他州那片不为人所知的荒野，告诉读者那片被某些人视为堆放废弃剃刀刀片、毒性废料和生化武器废料的地方，曾是一片可以引发丰富想象的风景。对自然的认知和浓厚的情感双线交织，迸发出一种力量，足以催生出读者的移情与共情。而这种情感则是"道德立场和政治行动的来源"。它呼吁我们为子孙后代、为大地索回沙漠。

也许威廉斯的生态怀旧更多地呈现的是一种创伤，里面充满了悲痛与愤怒。但如果我们"在创伤中，重新构建和重新排序人类的活动，重塑新生活形式的可能性"①，那我们就可能产生新的健康的情感和认知，来重塑我们看待世界和在这个世界存在的方式，打造人类和非人类世界的"美美与共"②的关系。

威廉斯的生态怀旧还为读者树立了一种新的对自然的认知，使我们充分理解人类与自然之间的关系，敦促政策制定者与商人改变对环境的态度，改变当前思维方式中的问题。人们没有意识到"这世上万物都紧密相联。如果大地出了毛病，人类也不会健康。地球的状态与我们自身的身体状态息息相关"。③她建议人们像弗利蒙特人那样，把生命融入自然之中，随着大自然的节律生活。威廉斯也曾悲痛和伤心，但她最终从大自然中悟道，并寻求到了力量。自然赋予了她抗击疾病、面对生死的勇气。在自然中，她与世界融为一体。通过自然，她接受了母亲的疾病与死亡，认识到母亲与大地的关系，知道

---

① Kyle Bladow and Jennifer Ladino, eds., *Affective Ecocriticism: Emotion, Embodiment, Environment*, p. 160.

② "美美与共"一词来自费孝通先生。他曾经提出关于"各美其美，美人之美，美美与共，天下大同"的文化自觉的学术观点，主张消除文化之间的彼此偏见，强调文化间的平等性，惟此才有助于延续发展人类的文化。这样的思想亦可应用在人类和非人类物种的关系上。当我们人类能尊重自然、尊重其他物种的存在，发现自然万物之美，与其和谐共存时，才能塑造一个美美与共的天地人合一的生态社会。

③ ［美］特丽·威廉斯：《心灵的慰藉：一部非同寻常的地域与家族史》，第307页。

母亲的生命终将融入她所钟爱的沙漠、群山和大盐湖中。这些新的认知使她抛弃了无力感,从而走向了积极抗争之道,开始与母亲一起共同面对疾病甚至死亡。同时,自然也成为作者与自己沟通的纽带。例如,湖边的岩洞和清泉都是她医治心灵创伤的密室。威廉斯的家族故事十分震撼有力,给予读者以警示。环境污染衍生的毒性物质可能无处不在。物质并不像我们想象的那样,是"被动的、原始的、粗糙的、惰性的……物质和生命相隔离的观念使得我们忽视物质的活力和物质形态的活力"。[1]像物质生态批评家所指出的那样,物质具有能动性和施事能力。"看似无生命的东西实际上却具有生命力,甚至危险地活着。"[2]毒性物质最终致使身体的毒化。这种毒性写作所触发的对环境恶化的恐惧、对生态疾病的恐惧、对自然的健康和人的健康的关注意识,都可以激发人们行动。威廉斯也给我们一个警示:切勿在造成生态损害之后才想起来修复。人类需要面对和承认:人类中心主义的行为会毁灭自然,自然也可能会死亡。如果我们拒绝倾听和关爱自然的生命,秉持自然是用之不竭的能源这样错误的观点,那人类就不会正视危机,而是选择对

---

[1] Jane Bennet, *Vibrant Matter: A Political Ecology of Things*, Durham, London: Duke University Press, 2010, p. vii.

[2] Amitav Ghosh, *The Great Derangement: Climate Change and the Unthinkable*, Chicago, London: The University of Chicago Press, 2016, p. 1.

真相听而不闻、视而不见。当我们能够正视死亡,认识并接受已然发生的变化时,我们就能够去真正地解决危机,活在当下。

事实上,像威廉斯这样的作家还有很多,比如生态作家蕾切尔·卡逊、科学家和生态作家桑德拉·斯坦格雷伯等。斯坦格雷伯的著作《生活在下游》《十月怀胎》《诊断之后》,更是直接展示了人类身体与我们周边环境的关系。身患乳腺癌、膀胱癌的斯坦格雷伯,用自己的身体和生命写作,用作为化学家所获得的大量一手数据告诉人们:在一个毒性可能无所不在的世界中,人类无法置身事外。我们必须重新认识生活,认识所处的周遭环境,认识我们的身体与自然之间的亲缘关系,注意潜藏在我们身边的"慢暴力",不能盲目顺从垄断资本的解释,以免无视这些毒性环境的慢暴力,最终丧失我们的生命。这些作家们的作品中所蕴含的丰富情感"呈现了冲突,提供了令人不安的洞察力,可以帮助我们更广泛地改善文化"。[①]面对人类中心主义的文化和唯发展主义的思维,环境保护法也好,环境政策也好,都很容易被废止、损害和削弱。只有人们改变自己的文化思维模式,真正树立起环境意识和生态文化的思维模式,才可能真正解决问题。如何改变固有的文化思维呢?瑞安·海迪

[①] Kyle Bladow and Jennifer Ladino, eds., *Affective Ecocriticism: Emotion, Embodiment, Environment*, p. 160.

格（Ryan Hediger）指出，悲伤、愤怒、忧郁这些情感经历虽然负面，但"负面的情感经历仍能提供用以改变的潜力"。①回避并不能解决问题，只有直面这些负面情感，才有可能解决问题。我们可以看到普通民众的环境意识与健康意识的逐渐觉醒，包括威廉斯与母亲的转变。

> 成百上千支持裁减核武器的人走了过来，那是一条缓缓流动的河流。和平大游行。我们离开房间去迎接他们。他们走过我们面前，走上丘陵，走向格林谷。那是由孩子、父辈和祖父辈三代组成的游行队伍。我想加入他们。我们为他们拍手时，母亲低声说。②

威廉斯特别夸赞了女性的勇敢。在《心灵的慰藉》一书的结尾处，她描写了女性勇敢抗议的场景：十位女性穿过铁丝网，进入受污染的土地，身披密拉塑料薄膜，戴着透明的面罩，抗议对环境的破坏。她认为女性"对大地如同对自己的身体一样了如指掌"，③对大自然有着一种本能的

---

① Ryan Hediger, "Uncanny Homesickness and WarLoss of Affect, Loss of Place, and Reworlding in Redeployment" in Kyle Bladow and Jennifer Ladino, eds., *Affective Ecocriticism: Emotion, Embodiment, Environment*, Lincoln: University of Nebraska Press, 2018, p. 170.

② ［美］特丽·威廉斯：《心灵的慰藉：一部非同寻常的地域与家族史》，第154页。

③ 同上，第337页。

亲密。她呼吁全世界的女性为了子孙后代、为了大地而勇敢面对和斗争,重新签订一份与自然的契约。

> 一天夜里,我梦见世界上各地的妇女都在沙漠中围着一团熊熊燃烧的火转圈,她们谈论着变化,她们体内怎样随着月亮的阴晴圆缺而发生的变化,她们嘲笑那些假装好脾气的人,发誓再也不怕身内的女巫。那些妇女疯狂地跳着舞,飞溅的火花如同星星飞向天空。一连几周,那些妇女唱着歌、跳着舞、敲着鼓,为即将来临的事情做好准备,她们将为子孙后代、为大地索回沙漠。①

---

① [美]特丽·威廉斯:《心灵的慰藉:一部非同寻常的地域与家族史》,第336页。

第六章　依恋与忧伤——司各特·桑德斯和他的多重故乡

司各特·桑德斯（Scott Russell Sanders）是美国当代比较重要的一位生态作家。他在剑桥大学获得英语博士学位后，任教于印第安纳大学。他目前已出版了二十多部作品，有小说、故事集和个人非虚构作品，包括《想象之路》(*The Way of Imagination*)、《野兽工程师：一部小说》(*The Engineer of Beasts: A Novel*)、《石头之国：当时与现在》(*Stone Country: Then & Now*)、《梦中舞蹈：故事集》(*Dancing in Dreamtime: Stories*)、《神圣的动物：一部小说》(*Divine Animal: A Novel*)、《地球：散文选》(*Earth Works: Selected Essays*)、《自然资源保护宣言》(*A Conservationist Manifesto*)、《敬畏的历史》(*A Private History of Awe*)、《精神的力量》(*The Force of Spirit*)、《语言的国度》(*The Country of Language*)、《寻找希望》(*Hunting for Hope*)、《来自中心的写作》(*Writing from the Center*)、《扎根脚下：在一个躁动不安的世界里建立家园》(*Staying Put: Making a Home in a Restless World*)、《宇宙的秘密》(*Secrets of the Universe*)、《炸弹的乐园》(*The Paradise of Bombs*)、《坏

人歌谣集》(*Bad Man Ballad*)、《玻璃容器》(*Terrarium*)、《荒野地图》(*Wilderness Plots*)。他的儿童书籍包括《曙光意味着黎明》(*Aurora Means Dawn*)、《温暖如羊毛》(*Warm as Wool*)、《会议树》(*Meeting Trees*)、《克劳达溪》(*Crawdad Creek*)和《漂浮的房子》(*The Floating House*)。桑德斯获得过兰南文学奖、美联社非小说创作节目奖、五大湖图书奖、凯尼恩评论文学奖、约翰·巴勒斯散文奖和印第安纳人文奖等荣誉。他的写作曾得到来自礼来基金会、印第安纳艺术委员会、国家艺术基金和古根海姆基金会的支持。2009年，中西部文学研究协会授予他马克·吐温奖；2010年他被授予全国格利克印第安纳作家奖；2011年南方作家联谊会授予他塞西尔·伍兹奖。2012年，他入选美国艺术与科学学院。他的创作考察了人类在自然中的地位、对社会正义的追求、文化与地理的关系以及对精神道路的探索。[①]国内目前对司各特·桑德斯尚未有系统研究，仅对他的散文《论美》有过翻译，译文发表在《中国翻译》上。

一　回不去的故乡与记忆中的故乡

故乡是我们每个人的生命的源泉，是生命之所依。然而，在今天全球化与城市化的时代，我们很多人又不得已成

---

① 信息来源于作者司各特·桑德斯本人的网站 Scott Russell Sanders。

为离开故乡的人,漂泊在外。可是对故乡的情、对故乡的思念,又是那么令人魂牵梦绕,让我们念念不忘。在桑德斯的作品《扎根脚下》中,你可以深深感受到那种思乡之痛。他一边徘徊在镌刻于记忆深处的风景和故事里,流连忘返。春天,赤脚走在犁过的地上,时刻小心地上的锄头。夏季,在河边散步,在砂砾里翻找化石,观看老鹰用嘴整理羽毛、突然间猛扑猎物;乘着小船,愉悦地度过逍遥时光。秋天,帮一家瑞士人在山坡上收装满枫糖汁的木桶。冬季,快乐地在冰面上溜冰。另一边他看到童年的风景受到政客、银行家和房产经纪人的"过度关注",被大力开发。20世纪60年代,桑德斯的故乡俄亥俄州的马霍宁县由于建造水坝,多数土地被淹没,河流也变成了一滩死水。那些阻碍修水库的农场、拖车和小房子被不速之客开着卡车、带着炸药毫不留情地铲平。居住在谷底的人,不得不离开家园。失去家园的人,不仅失去了居住之所,还失去了肥沃的低地黑土、肥厚的枫糖汁和丰沛的河水,只得在贫瘠的土地上勉强维生。与此同时,推土机和混凝土车横穿河流,建起了一座混凝土高墙。工人们的脚手架的相互撞击声、爆破的巨响、压缩机的喷气声、笨重机器挪动的声音,此起彼伏。这一切形成了短暂而丑陋的新景观。曾经的美景如今遍体鳞伤。人类总能在经意或不经意之间,破坏原有的风景,把景观转变为反景观,如过度放牧、砍伐森林、征用土地、改造河流等等。在工业化和现代化进程的推进之下,人类曾经那种渐进的发展与改造

第六章 依恋与忧伤——司各特·桑德斯和他的多重故乡

自然的过程突飞猛进,由此促成了更多的反景观。"特别是高科技社会可以迅速甚至突然地创造出反景观。"这样的反景观可能会使人"产生恐惧、预感和厌恶",而这种情绪反应通常直接来自感官印象。[①]望着修成的水坝、从马霍宁岸上倾泻而下的水,桑德斯无法若无其事地去到河流下游的故地,最终离开了俄亥俄州。被淹没的小镇,始终是他心中不可言喻的伤痛,让他难以面对。

当记忆的欢愉与现实的残酷直面碰撞时,其所带来的创伤与痛楚带给桑德斯更深的迷失感。漂泊在外的游子要往哪里返乡呢?童年的风景不在,故乡已然成为回不去的记忆,成了地图上的一个静态点。事实上,作者的童年故乡不止一个,可每一个童年风景都被破坏殆尽:他的出生地孟菲斯城外的农场早已消失不见,全都变成了停车场和郊外毒物般的草坪;儿时居住的田纳西州的农场被柏油盖上了;之后的故乡被围墙和军人封闭了,变成军事管控区;他度过童年的最后一个地方是俄亥俄州的农场,也被军队用推土机拆掉了,那里的森林和荒野也因修建水坝而被淹没了。面对多个失去的故乡,桑德斯有着挥之不去的痛楚。他哀叹道:"我迷路了,任何地图也不能指引我回家。我再

[①] David E. Nye and Sarah Elkind, eds., *The Anti-Landscape*, Amsterdam, New York: Rodopi, 2014, pp. 13-15.

也不能回到本来的家乡或在那居住。"[1] "你就算只看地图,也会发现有片地方不见了。能够重归故土这种说法通常是骗人的,尤其在一片土地已经置身于湖底的时候再说回去看看,就更是无稽之谈。"[2]

然而,对儿时故土的依恋与记忆仍然驱使桑德斯在阔别二十五年之后回到了俄亥俄州东北部那个曾经的家园。"在没有地图的情况下,在几百英里之外,凭着仅存的记忆沟壑,不费吹灰之力就找到了归途。"[3]这个在世人看来微不足道的地方,是他的故乡;这条在地图上没有编号的公路,是通往故乡之路。在驱车回乡的路上,"童年的回忆如溪水般涌上来"[4],"记忆的沟壑,好似留声机的指针一接触唱片的螺旋形纹路就会震颤随即放出音乐一般"[5],激荡着他的内心。维兰德农场的树林、田野、房屋在阳光下熠熠生辉。即使时隔二十五年,桑德斯对故乡的感情一如既往。他开始迎头面对失去的一切,面对沉重的过去、曾经熟悉的一切,认为自己可以感受新面貌,不再像一个孩子般依恋一段河流、一块土地,不再执着于过去的风景。然而,那水库的一潭死水惊醒了作者,感觉"就像在梦里一样:

---

[1] Scott Russell Sanders, *Staying Put: Making a Home in a Restless World*, Boston: Beacon Press, 1993, p. xiv.
[2] Ibid, p. 5.
[3] Ibid, p. 174.
[4] Ibid, p. 5.
[5] Ibid, p. 174.

第六章　依恋与忧伤——司各特·桑德斯和他的多重故乡

你身处一个熟悉的房间，但离开时，门却变成了墙；来到爱人的身后，叫他的名字时，却发现他的脸是模糊的；想要在一张纸上找关于宇宙的故事，靠近看时，却发现字消失了。这潭死水象征着分离、遗忘和死亡"。他所熟悉的一切都不复存在。桑德斯无法接受这已改变的风景，"试图回忆起一切来。但这潭死水直白地打击了他，"再怎么回忆也换不回这条河，回不去那个河谷了"。①失去故乡的人，像个流浪汉一样，漂泊无依。这片水域对桑德斯而言，是一种不能止息的创痛。他为这个沉寂的山谷感到悲伤，也哀悼他失去的童年。

桑德斯对人类任性随意地割断人与环境之间的纽带的做法十分厌弃。看似发展的行为，实则破坏了人类自身的家。对故乡这片土地的遗弃，源于人类失去了"恋地之心"。人们总认为自然是可以被挥霍、被控制和被改造的。他十分反感这种做法，认为缺少对脚下土地的敬畏和爱恋之心，只能导致人类越来越成为无根之木、无源之水。在他看来，在"家乡"这个地方，人们可以"闻到这里的气味、感受季节的变化、看到飞禽走兽、听到社会生活中人类的喧嚣、体验车马劳顿的日子和这里的工作方式、了解这里的地质构造并且感受到阳光。在我们被内心的幻境迷惑之前，这就是我们所了解的土地。如果你在这里快乐成

---

① Scott Russell Sanders, *Staying Put: Making a Home in a Restless World*, pp. 10–11.

长，你会爱上这里；如果你在这里遭受苦难，你会恨透了这里。无论爱或恨，你都不能摆脱束缚。即使你搬移到地球的另一边，即使你已经融入新环境，你身上仍旧带有故土留下的印迹"。①

怀旧虽是桑德斯的个人感受，但这种"看似个人的悲痛，实则是公共的悲哀"②，早已超越了个人经历。因为，水坝的修建、山谷的消失以及人和动物的被迫迁徙等，都与公众的命运休戚相关，在不同的地区反复呈现。桑德斯的故乡只是无数边远小镇的缩影，作为"廉价自然"，其命运早已锁定。因为在唯发展主义的思想驱使下，它们注定要被不断地拓荒、开垦、利用和盘剥。"早在水库修建以前，政府就已决定将这个区域变成军火基地，就像炸弹炮火集中的地域一般。现在，地图上的这片地方，三分之一的地区毫无生机，其余三分之二是被水库淹没的苍凉地带。"③一片有生命力的土地，在人类的控制与剥削之下，变得萧瑟、了无生气。这样的遭遇浓缩了同时具有传记性和历史性的记忆。甜蜜的童年记忆与痛楚的现实之间的相互碰撞带来了强烈的冲击，生活的故事与毁灭的故事出现在同一画框内，由此生发出一种挫败感和无力感。现代化的拓荒进程无论对自然还是对个人和社群，无论对客观实体还是

---

① Scott Russell Sanders, *Staying Put: Making a Home in a Restless World*, p. 12.
② [美]斯维特兰娜·博伊姆：《怀旧的未来》，第5页。
③ Scott Russell Sanders, *Staying Put: Making a Home in a Restless World*, pp. 4–5.

对精神，都造成了难以言喻、不可修复的创伤。这一创伤不仅仅呈现了作者的主观感受，也记录了历史，继而彰显了生态怀旧的批判性和创造性潜力。

二 对现代化进程与美国社会的流动性文化的批评

"浪漫的旅行家从一定的距离之外看到了正在消失的世界的整体。旅行给予他观察视野。外来者的优越角度凸显出故园的田园气质。怀旧者从来不是本地人，而是一个被放逐的人，他在地方因素和普遍因素之间做中介。被'放逐的'怀旧者，对故乡有着更深刻的洞察和情感。"[1]桑德斯认为我们对"乡愁"这一词语理解得太肤浅了。人们"通常将乡愁看作发于童年时代的小病痛，就像小时候的腮腺炎、水痘一样；将乡愁看作年龄带给我们的伤痛；乡愁只是对情感的点缀，微不足道，它存在于熟悉的过去，理想化的昨天，抑或逝去的青春里"[2]。人们只是对逝去之物、逝去之时光感到怀念。按这样的理解，乡愁只是一种无病呻吟的情感，甚或一种病态的忧伤。然而，桑德斯指出这是一种狭隘的眼光。他从词源上追溯了乡愁的含义。"乡愁（nostalgia）一词中的两个拉丁语词根，其字面意思是回归故土的伤痛。重返家乡并不会让人感到伤痛，对回归的渴

---

[1] ［美］斯维特兰娜·博伊姆：《怀旧的未来》，第13页。
[2] Scott Russell Sanders, *Staying Put: Making a Home in a Restless World*, p.14.

望才会。"① 正因为人们发现当下的问题，想要回归曾经的故乡，但当自己发现回归之路已然关闭时，那种极度的渴望才会导致求而不得的痛苦。为什么回不去呢？究其原因，一是工业化与城市化对乡村田园图景的破坏，二是美国文化中的流动性。这二者密不可分、相互联系。

> 漂泊的风长时间地吹着这儿，并且每小时的风力在不断增强。我感受到了它的力量，它包围我的双腿，使我前行。我父亲二十岁时离开了家乡密西西比河地区，余下的所有时间都在漂泊，为了婚姻、钱和工作。他在每一个新的地方都会尝一尝那里的土，因为长大后，他就再也没有一个固定的家，再也没有要长久地待在某一个地方的念头。②

人口的流动在美国社会是一个典型现象，甚至成为一种"流动性"文化，正如杰克·凯鲁亚克的《在路上》一书的书名所示。"人口的大规模流动作为一种恒定的社会现象，自19世纪以来，就在美国一直存在着。"据历史学者梁茂信统计，"在美国历史上，人口的空间流动一直比较活跃，特别是自1850年以来，每年始终至少有1/3以上的人口处于流动状态"。"在任何一个三到四年内，流动人口

---

① Scott Russell Sanders, *Staying Put: Making a Home in a Restless World*, p. 14.
② Ibid, p. xv.

第六章 依恋与忧伤——司各特·桑德斯和他的多重故乡

数量就相当于美国人口的总和。如果平均到每一个人,那么,每个美国人终生可能至少要搬迁五到十次。"人口的空间移动,"在整体上改变了美国人口与自然资源的区位配置,使各地区的经济和社会文化逐渐得到均衡发展,社会面貌和结构也在斗转星移中发生了翻天覆地的变化"。[①]殖民地时期,荒无人烟、濒临两洋、自然资源丰富的北美大陆为那些具有冒险精神、不拘小节、对专制制度具有强烈反抗意识的美利坚人提供了摆脱贫困的发迹机会。这也促使了美国社会的纵向流动性,特别是通过空间迁徙的流动。"这种空间迁徙和职业升迁相结合,也构成了后来为人所熟知的'美国梦'的主要内容和实现这种梦想的主要方式。"美国建国初期,人口分布主要集中在大西洋沿岸的狭长地带。建国后,美国不断进行版图扩张,促使了人口更加频繁地流动。19世纪的"西进运动,尤为引人注目。持续了一个多世纪的人口大迁徙,使来自东部的美国人和外来移民不断西移"。[②]随着恒定性的人口大规模迁徙和流动,人口逐渐扩展到整个北美大陆的广阔地域,到19世纪末形成了现代人口区域分布的基本格局。之后美国进入工业化社会,大批劳动力由农村流向城市。到1920年,美国人口中有50%以上居住在城市,"完成了由农村社会向城市化

[①] 梁茂信:《都市化时代——20世纪美国人口流动与城市社会问题》,长春:东北师范大学出版社,2002年,前言,第1—2页。

[②] 同上,第3—4页。

社会的转变。这种大规模的人口流动在20世纪不仅没有结束，相反，人口由东向西、由南向北、由内陆腹地向沿海和河流湖泊附近、由乡村到城市、由城市到郊区、由大都市区向非大都市区等多层面的双向和多向交叉式流动更加引人注目，流动人口的规模、层次和构成等等也更为多样化了"。①20世纪20年代，"城市人口的离心性运动导致郊区人口超过了中心城市"。②从20世纪40年代起，美国进入了中心组大都市区化社会，大都市区也因此由原来的单组织结构开始向多中心组织结构的格局转变；而且，人口向郊区的流动，促使美国人口到1970年完成了向后郊区化社会的转变。此外，还有外来移民的安家落户。这些使得"美国的人口流动呈现出多方位、多层次、相互交叉的多向流动状态。流动性成为一种相对稳定的恒定现象"。③二战后美国人口的流动性总体上较之前明显上升，特别是跨地区的远距离迁徙人口明显增多。④

我们可以看到，在不同历史阶段，在政治、经济、环境与自然资源配置、社会财富和就业机会、家庭结构、价

---

① 梁茂信：《都市化时代——20世纪美国人口流动与城市社会问题》，前言，第2页。
② 同上，第4页。
③ 此处关于美国社会的流动性研究的历史文献来自历史学者梁茂信的研究，详见梁茂信：《都市化时代——20世纪美国人口流动与城市社会问题》。
④ 梁茂信：《都市化时代——20世纪美国人口流动与城市社会问题》，第84页。

第六章　依恋与忧伤——司各特·桑德斯和他的多重故乡

值观等多方面的因素综合作用下，美国逐渐形成了自己的流动性文化。在流动中，人们可能找到更多的就业机会，获得更多的职业提升，获取更多的财富，从而实现自己的美国梦。像桑德斯的父亲一样，劳动者们"为了谋求更加理想的经济条件和生活方式而在地理空间上进行迁移，从而通过职业的纵向流动或空间上的横向流动来达到摆脱经济贫困或改善自己已有的生活条件的目的"。[①]因此，"'美国人永远不会抵达。他总是在路上。'（Wilbur Zelinsky, 1973）在今天的社会当中，停留可能会被视为非常消极，并因此成为在主流社会中地位提升的障碍。'流动正被逐渐视为优良的社会品质；相反，停滞不前则被视为挫败、失败和落后。'（David Morley, 2000:202）"[②]

"通过空间流动，美国人一方面改变了自己的生存空间和生活条件，另一方面也为美国区域经济的发展特别是城市化的发展提供了不尽的动力，对推动全国经济的整体发展产生了极为重要的影响。"[③]然而，它也造成了人们的"非地感"。在不断的流动中，人们逐渐丧失对土地的爱恋，没有可思念的故乡。即使有，也不知如何回去。在如今

[①] 梁茂信：《都市化时代——20世纪美国人口流动与城市社会问题》，第29页。

[②] ［英］彼得·阿迪：《移动性》，戴特奇译，北京：北京师范大学出版社，2020年，第39页。

[③] 梁茂信：《都市化时代——20世纪美国人口流动与城市社会问题》，前言，第1页。

全球化的时代,流动性已不是美国独有的现象。它在当今世界已普遍存在,甚至成为一个具有全球意义的问题。正如凯文·罗宾斯(Kevin Robins)所言:"全球化就是一个广泛流动的过程,是国家间不断增长的流动性——货物和商品的流动、信息与通信产品和服务的流动以及人口的流动。"阿尔让·阿帕杜莱(Arjun Appadurai)也指出,在全球化时代,"到处都贯穿着关于人类流动的基本元素:越来越多的个人和团体面对不得不流动的现实,或者想要流动的幻想"。①流动性的确促进了社会扩展与增长,拉近了彼此的距离,但无疑也会导致人们的"无根感"和"非地感"。而根源感和在地感的缺失势必会导致人们缺少对脚下之地的敬畏与热爱,缺少应有的对环境的谦逊和地方意识。因此,如何面对流动性、处理好流动性与地方的关系是当代生态文明建设过程中不可回避的问题。

三 品尝尘土——扎根脚下的地方观

桑德斯对流动性文化造成的"非地感"表示了担忧。他的亲身经历,从孟菲斯城、田纳西的农场、俄亥俄州的河谷,不断流动,身体上和精神上的漂泊促发了他的反思性怀旧。

---

① [英]彼得·阿迪:《移动性》,第11页。原译本用的是"移动性"一词,本书为保持上下文一致,统一采用"流动性"一词。

第六章　依恋与忧伤——司各特·桑德斯和他的多重故乡

在《扎根脚下》的开篇序言中，桑德斯看到父亲每到一个新的地方，都会"抓起少量的泥土，捧在手心里，去闻它的味道。把它搅一搅，紧紧地攥着，尝一尝"。①对此，他感到困惑不解，为什么吃土呢？后来他才渐渐明白，父亲是在通过泥土来感受自己所在的地方。在美国，流动性文化驱使着人们前行。桑德斯的父亲二十岁时离开了家乡密西西比河地区，像流浪汉一样，四处漂泊，自此"再也没有一个固定的家，再也没有要长久地待在某一个地方的念头"。但那种对故乡的思念、对土地的眷恋，使得父亲总想要通过泥土来感受地方。这一幕让我们联想到古希腊荷马史诗中的奥德修斯。他踏上故土做的第一件事情就是热泪盈眶地亲吻大地。同样令人印象深刻的还有桑德斯笔下处于龙卷风通道上的米勒一家。米勒家的房子一次次被龙卷风毁灭，他不得不一次次重建家园，可即使这样，米勒一家依旧不肯搬离龙卷风通道，而是坚持住在此处，一如桑德斯的书名——扎根脚下。

乡愁并非情感的泛滥，而是对失去故园的哀痛和渴望回归的热切——回到地方、回到土地和自然的怀抱之中。可故乡回不去了，该怎么办呢？何以消解回不去的乡愁呢？桑德斯提出了"立足于地方"的办法——"你不用去

---

① Scott Russell Sanders, *Staying Put: Making a Home in a Restless World*, p. xiii.

找新的故乡"①，只需扎根脚下。

> 如果我想要一个故乡，肯定只能是长大了之后我选择的地方。我定居的周围有用砖块建筑的老房、静静的树木和热闹的孩子们。据说这个城市的名字是形容开花满地的草原。我的主要生活领域是我家门口的步行距离范围内。窗外可看的风景和步行一天范围内的情景都很平淡；没有海浪冲刷岩石的海岸，没有雪白闪光的山顶，也没有大熊徘徊。而这是一个人类定居的地方，所以四面都是人留下的痕迹。然而，人所造的建筑物、灯光和马路，我们所写的路牌和上面的文字，都只是神秘的大自然上的一张胶片而已。②

桑德斯在《扎根脚下》一书中运用了大量的隐喻，如房子是人与物交融互动的结果；被垃圾车收走卷入垃圾填埋处的流浪汉象征着无家可归的最终悲剧；星座喻指住在自己的房子里；棒球"从本垒开始，最后也要再回到本垒"指向回家的渴望；信鸽"能从令人惊奇的远距离以外找到它们的鸟巢"喻指找到回家的路。这些隐喻都指向一个目标，那就是人类离不开"在家"（地方）。桑德斯强调

---

① Scott Russell Sanders, *Staying Put: Making a Home in a Restless World*, p. xiv.

② Ibid, pp. xiv-xv.

了"扎根脚下"是"在家的本质",坚持"恋地"理应成为一种生命观。生命应"深深植根于家和社群、对地方的认识、对自然的了解以及与万物诞生的源头的接触"。"了解和尊重土地的居民,才是真正的居民,才能真正地享受生活。"① 在此地方,自然、他人和自我都是此生态家园的一份子。人存在于宇宙之中,而非以占有宇宙的方式存在。人应主动感知地方,身体和精神都融入此生态地方里。个人在与地方的互动之中认识自我、认识宇宙,从而找到自己的归属感,并形成对此生态地方深深的依恋感。有了这一份依恋感和归属感,人们才能逐渐形成保护家园的生态意识。"扎根脚下"才是在家的本质,也应成为一种生命观。

与"流动与发展的文化"背道而驰,桑德斯倡导"一成不变"的生活。此处的一成不变,不是墨守成规的僵化的生活,而是一种能够生发出对脚下土地的热爱和眷恋的美德。所居之地,并不是一个冰冷的物质空间,而是人们的生命的根源所在。人们定居在这里,与家人、邻居、这个地方的其他人,"和一切能跑、能欢呼、能咆哮的生物相伴"。② 只有这样,人类与非人类在所居之地彼此相伴,才是一个家。在此地方,每一个人都是一个生态公民,为此

---

① Scott Russell Sanders, *Staying Put: Making a Home in a Restless World*, p. xiii.
② Ibid, p. xv.

地方付出爱和努力。桑德斯认为："只有我们对周围环境满足的时候，才能对这个地球感到满足。同时，只有我们意识到自己所在之地与这个星球的其他地方彼此之间相互联系，我们才能充满智慧地活着。"①这一点与美国生态诗人加里·斯奈德（Gary Snyder）的观点接近。他们都认为地方绝不是孤立的自我隔绝和保守，而是与星球、宇宙彼此相联系且相互作用的。"生命从此地方延伸出去，延伸至地球其他地方，甚至到宇宙。我们应当用心发现脚下神圣的土地，观察自然的美好力量，认识到所居之地仅仅是神秘的大自然展现出的无数地方中的一个。"②这种觉醒的地方意识会塑造我们对自然的谦逊行为、对环境的伦理和道德，以及对宇宙中的生命的热爱。"当地方被主动感知时，物理景观就与心灵景观、流动的想象结合在一起，而心灵可能指向的地方是任何人的猜测。正是这种互动的过程，才使人认识到人与他们所居住的世界之间关系的相互依存性，才使得空间的创造成为可能……地方感（家庭生活）不仅为我们提供了庇护所和安全，而且提供了保护和管理我们所属的土地和环境的愿望。"③

　　桑德斯对俄亥俄河的故乡的地方叙事，常被认为是一

---

① Scott Russell Sanders, *Staying Put: Making a Home in a Restless World*, p. xvi.

② Ibid, p. xvi.

③ J. Scott Bryson, *The West Side of Any Mountain: Place, Space, and Ecopoetry*, p. 11, p. 21.

第六章 依恋与忧伤——司各特·桑德斯和他的多重故乡

种排他的和狭隘的地方叙事，内含着一种固化的"地方中心主义"观，故而多受到支持全球化流动性的学者的批评。但我们如果细读和深思的话，会发现桑德斯那看似"地方中心主义"的观念,实则背后蕴含着一种全球观。试问，假如我们对自己所生所长的地方都一无所知，或知之甚少，那么我们怎么会对世界投入情感，又谈什么保护全球的地方生态呢？一个人对脚下之地尚无半点关爱之心，那我们如何期许他尊重与关爱他者的地方？桑德斯在《扎根脚下》最后一章的结尾处表明，尽管他讲述了河流、龙卷风、房屋、家庭、土地和梦想的故事，但他阐述这些故事只是在无限的宇宙中用篱笆为自己圈出一个小的家园。他深知"每个圈地都是临时的。每一个边界都是幻觉。我们以极大的聪明才智破译了支配这场浩瀚璀璨之舞的一些规则，但我们所有的努力都无法改变它是浩瀚宇宙中的一点"。① 由此可以看出，桑德斯的地方观非常明确：人类首先要热爱并扎根于脚下的地方，其次要尊重他者的地方。地方意识是环保意识和环保活动的基本前提,与空间、认知和理解、情感依附、责任和关怀有关。只有认识到地方与地方之间在宇宙中的彼此联结，地方与地方之间应享有同样的平等，我们才能获取真正意义上的生态健康。此时的"扎根脚下"和"在地"是为了更全面地进入世界，融入世界。

---

① Scott Russell Sanders, *Staying Put: Making a Home in a Restless World*, p. 193.

在桑德斯的生态怀旧中，除了对曾经的故乡风景的追悼，更强调的是我们如何融入现在，重建有"生命力的田园"（Glen A. Love 语）。他看到了康复性的前景，如果我们肯改变自己，反思流动性的文化观，舍弃人类中心主义，那么田园就在脚下。重建的关键在于我们如何对待脚下的土地。我们是无数风景中的过客，还是对脚下土地的忠诚的生态居民？我们能否把自己对故乡的记忆，融入现在对田园的重建，能否构建一个植根脚下的文化，从而找到自己的归属和身份？桑德斯直言："我趋向于了解并且关切我成年之后来到的这片土地，因为我已经无可挽回地失去了童年的故土，而正是这片故土塑造了我对土地的热爱。"[1]

桑德斯的怀旧叙事，向我们提出一个问题：传统上认为田园或荒野是抵抗现代都市社会各种腐朽的解药，但在现代社会，它真的能抵抗吗？这可能只是一种理想状态。从增本、威廉斯和桑德斯的怀旧叙事中，我们可以看到：无论是加州纵谷的农场，还是俄亥俄州的河谷，或者犹他州的大盐湖和沙漠，在工业化时代根本没有所谓的纯净的荒野与自然。田园在工业化时代本身就日渐衰微，融入资本的风险和毒性环境的渗透之中。自然与人的命运早已纠合在一起，呈现了跨身体的缠绕。即使在沙漠这样的偏远

---

[1] Scott Russell Sanders, *Staying Put: Making a Home in a Restless World*, p. 12.

地带，人与自然也未能幸免于害。问题的解决不在于逃逸到纯粹的自然之中，而是如何扎根脚下，重新学会热爱脚下这片土地，无论它是偏远的乡村还是繁华的都市。即使是城市，也可以发现自然，融入自然。

第七章 结 论

本书对大卫·增本、特丽·威廉斯和司各特·桑德斯这三位美国当代生态作家的生态怀旧叙事进行了研究。三位作家各自的经历不同，怀旧的对象和内容也各有不同，但在生态怀旧的情感和诉求上殊途同归，也代表了集体的共识与渴望。增本的《桃树挽歌》记录了他对传统物种、自然农法和有机社群的怀旧；威廉斯不同寻常的地域史记录了对童年风景和家庭风景的怀旧；桑德斯的乡愁叙事记录了对"地方"的怀旧。无论是何种怀旧，曾经的美好、饱含温情的地理都已成为现在的"失乐园"。多样性的物种、健康的身体、自然的完整性，与丧失的物种、毒化衰亡的身体、受损毁的自然（沙漠、大盐湖、土地与河流等）形成了鲜明的对比。这些生态作家的生态怀旧一方面是对工业文明的深刻揭示，另一方面也是对现代人的一种警示，和对另一种可能的生活方式的呈现。他们的作品对处于生态焦虑中的人来说是一剂良药，可以安抚他们焦灼的心灵，具有一定的治愈性；而对漠视生态的人来说，则是一种警示和启智，促使他们重新认知人和自然的关系。他们的怀旧不单带给人一种记忆中的欢愉，一种对失去的物种、失去的人和健康、逝去的时光和地方或情境的悲伤或哀悼，更重要的是激发了对当下的反思和批评，并指向未来的改变。

生态怀旧并不是一种乌托邦，而是为我们提供了一面反思之镜和行动的催化剂，让我们看到人类世时代的生态危机的严重性，环境问题的复杂性和不公正性，以及人类与非人类之间关系的复杂性，彼此的缠绕、紧张和矛盾性。它看似忧郁，实则充满颠覆性的力量，批判了人类对自然的恣意妄为和妄自尊大，批判了经济理性和工具理性思维，批判了人与自然、人与人的关系的异化。盛行的廉价自然观与技术乌托邦主义导致人们对自然的蔑视、盘剥和毒化，而毒化的自然、被破坏的生态系统又反过来对人类的身体造成危害，特别是造成了对边缘化群体的慢暴力。此外，个体不当的消费选择或者消费观，可能导致物种多样性的丧失；农业资本化和工业化、城市化与现代化进程的推进，在破坏自然的同时，也使人失去了田园与故乡，成为无根的漂泊之人。三位作家关于人与自然的相互作用的书写都提醒了我们的身体性，我们与自然、他人、宇宙的相互关系，展现了"人类和环境之间、社会实践和自然现象之间的粘性孔隙"。特别是"身体的粘性多孔性也改变了任何试图确定自然和文化之间的天然分界"。① 同时，三位作家的生态怀旧也展现了对未来的生态图景的担忧。它站在未来的高度来看现在，特别是针对现在以及未来可能不在的"健康生态"，展现出了一种强烈的生态焦虑和生态渴望：对生态危机日渐加剧的焦虑，对回归健康生态的渴望（在这里，健康的生态包括自然的健康和人的健康）。

在三位作家的生态怀旧中，生态文化和情感教育实现了融合。"行动源于意识、敏感、关心、乐观和灵感。芭芭拉·金·索沃弗坚持认为：'艺术家的责任和特立独行有时候就是用糖衣把苦药包裹起来，塞进我们的食道，告诉我们不想知道的事情。'"② 如何在生态认知层面和情感层面上影响读者，塑造读者正确的生态伦理观，使读者承担起生态责任，成为真正的生态公民？三位作家运用叙事移情，分享了自己的生态怀旧情感和故事。在他们的生态怀旧中，既有创伤性的经历，也有愉悦美好的体验和感受。甜蜜、哀婉、忧惧、愤怒、悲伤、依恋、失落和迷惘等情感杂糅在一起。浓郁的情感使得情感的羁绊迸发出一种力量，

---

① Nancy Tuana, "Viscous Porosity: Witnessing Katrina" in Stacy Alaimo & Susan Hekman, eds., *Material Feminism* (pp.188-213), Bloomington, Indianapolis: Indiana University Press, 2008, p. 193, p. 201. Nancy Tuana 提出了"粘性孔隙度"的概念隐喻，该概念有助于更好地理解丰富的相互作用，理解相互作用者对生成过程的关注。在该过程中，统一是动态的，始终是互动的。施事者广泛地、扩散性地存在于复杂的网络之中。这种对交互作用的多孔性的强调，打破了彼此之间的"边界"，而"粘性"则强调对变化形式的抗拒。

② Jim Dwyer, *Where the Wild Books Are: A Field Guide to Ecofiction*, p. 7.

具有批判性和反思性，成为一种温柔的暴动。这些情感引发了读者的环境想象与认知的觉醒，从而促发某种共情反应。关于"环境想象"的行为可能会记录并激发至少四种类型的与世界的接触。他们可以把人与其他生物（包括动物）的经历和痛苦、他们去过的地方或者他们可能永远不会去的地方、替代性的未来以及关心地球环境的意识联系起来。[1]同时，"感知他人经历的痛苦、悲伤或厌恶激活了大脑皮层中与我们自己经历的这些情绪有关的相同区域"[2]。这些作家对生态怀旧情感的书写，延伸到了读者的心灵，使得读者能够直接"共享其认知、感觉、思想和情感"，把作家们的感觉和情绪——"甜蜜的、哀婉的、悲伤的、愤怒的、失落的"——映射到读者自己的大脑中，"理解并真正感受到他们与人物所在的环境、人物的愉悦和痛苦之间的相互作用。"[3]这种"情感共情对于道德推理和亲社会行为而言尤为重要"。他们的怀旧情感中的哀婉、悲伤与愤怒，可以引发读者的"共情忧伤"和共情愤怒，产生认知和情感上的共鸣，继而促成道德冲动。[4]在充满生态危机的时代，爱和失去紧密相连，读者会同情、想象和感受到生态作家

---

[1] Lawrence Buell, *Writing for an Endangered World: Literature, Culture, and Environment in the U.S. and Beyond*, p. 2.

[2] Alexa Weik Von Mossner, *Affective Ecologies: Empathy, Emotion, and Environmental Narrative*, p. 35.

[3] Ibid, p. 38.

[4] Ibid, p. 102.

的作品中所叙述的生态怀旧情绪，以及混杂在其中的悲哀、愤怒、忧伤和恐惧的多重情感。"打破绝望和希望二元对立的简单化的情感表达和认知界限，让我们意识到情感的复杂性，带我们进入一个更为包容、细致、与各种各样的环境退化和变化有着千丝万缕的关系的情绪集合。"①这继而会促使读者思考人与自然健全的关系，塑造正向的生态情感和生态伦理，从而促进其生态意识的觉醒，产生亲生态的社会行为。

"心理学家和哲学家们都认为注入情感的文学作品对读者的道德产生的影响会超越直接阅读所带来的影响。"②生态怀旧情感从作家个人的焦虑、哀婉与悲伤走向了公众，引发了公众的共鸣与担心，成为一种有政治意义的积极力量，形成一种强烈的呼吁，呼吁一种责任感：作为公民，我们需要做些什么来改变现状，从而为我们的子孙后代存留一个美好的环境。如果人们不采取行动，今天的景观可能在未来彻底沦为奈伊所说的"反景观或坏死区域"；但如果我们积极行动，就会保存现有的自然景观，甚至修复被破坏的自然。它不是简单的回忆或感伤，而是一种积极激进的尝试和努力。正像萨拉·艾哈迈德所讲的那样，"承认

---

① Kyle Bladow and Jennifer Ladino, eds., *Affective Ecocriticism: Emotion, Embodiment, Environment*, pp. 16–17.

② Alexa Weik Von Mossner, *Affective Ecologies: Empathy, Emotion, and Environmental Narrative*, p. 102.

损失并不意味着痛苦地意识到某些东西已经失去而无法挽回，而是激动地意识到哪些东西可以挽回，哪些东西仍然有可能挽回，即使目前无法实现"。①

由此可以看到，生态作家的生态怀旧情感，具有积极的建构力量与伦理意义。一方面，它可以"鼓励人们采取革新的行动，重新修复被摧毁的地区和凋敝的土地"。另一方面，它鼓励我们去重新看待自然，以及我们与自然的关系，并重新思考自然与文化之间的关联。"对生态怀旧的探索要求我们采取一种多物种的方法，把生命和死亡与人类社会世界相联系的生物有机体囊括其中。在受损的环境中，我们渴望把人类、植物、动物、祖先与通过身体交流联系在一起的广泛的地球有机体聚集在一起。"②

过去的时光也好，地方也好，肯定是回不去了，但如果我们仍旧不思反省，那么在未来只能是越来越漠视人与自然的关系，走向一种无可挽救的歧途，导致更大的生态危机。如何把生态怀旧情感付诸实践，学习关于生态关怀的艺术，塑造新的生态伦理，重建一种存在的艺术？增本、威廉斯和桑德斯为我们提供了范本，特别是"扎根脚下"的存在艺术。从他们那里，我们可以看到，怀旧不是与往昔浪漫的纠葛，单纯地对地方的怀想，而是一种积极的存

---

① Olivia Angé and David Berliner, eds., *Ecological Nostalgias: Memory, Affect and Creativity in Times of Ecological Upheavals*, p. 8.

② Ibid, p. 5.

在，蕴含了一种对田园、对家园、对人与自然的新理解。他们怀念的是一种健康的生活气息：健康的生命（人与自然），完整的自然风景和家庭风景，健全的人与物种、人与荒野、人与土地、人与人的关系，期待着重新连接人与自然的健康关系，重返天地人合一的家园。"正如纳吉指出的那样，希腊语词语 nostos（返乡）是和其印欧语词根 nes 联系在一起的，其意义是'返回光明和生命'。"[①]

---

① ［美］斯维特兰娜·博伊姆：《怀旧的未来》，第8页。

参考文献

英文文献

Adamson, Joni, Mei Mei Evans and Rachel Stein (eds.) (2002). *The Environmental Justice Reader, Politics, Poetics, &Pedagogy*.Tucson: The University of Arizona Press.

Alaimo, Stacy (2016). *Exposed: Environmental Politics and Pleasures in Posthuman Times*. Minneapolis: University of Minnesota Press.

—— (2010). *Bodily Natures: Science, Environment and the Material Self*. Bloomington: Indiana University Press.

Alaimo, Stacy and Susan Hekman (eds.) (2008). *Material Feminisms*. Bloomington: Indiana University Press.

Armbr uster,Karla and Kathleen R. Wallace (eds.) (2001). *Beyond Natural Writing: Expanding the Boundaries of Ecocriticism*. Charlottesville: University Press of Virginia.

Angé, Olivia and David Berliner (eds.) (2021). *Ecological Nostalgias: Memory, Affect and Creativity in Times of Ecological Upheavals*. New York: Berghahn Books.

Austin, Michael (ed.) (2006). *A Voice in the Wilderness: Conversation with Terry Tempest Williams*. Logan, Utah: Utah State University Press.

Barnhill, David Landis (2010). "Surveying the Landscape: A New Approach to Nature Writing." *Interdisciplinary Studies in Literature and Environment*, (17): 273-290.

Batcho, Krystine Irene and Simran Shikh (2016). "Anticipatory Nostalgia: Missing the Present before it's Gone." *Personality and Individual Differences*, (98): 75-84.

Batcho, Krystine Irene (2021). "The role of nostalgia in resistance: A psychological perspective." *Qualitative Research in Psychology*, Vol. 18 (2): 227-249. (2018 online: 1-24)

Bate, Jonathan (2000). *The Song of the Earth*. Cambridge: Harvard University Press.

Bennet, Jane (2010). *Vibrant Matter: A Political Ecology of Things*. Durham and London: Duke University Press.

Bennett, Michael and David W. Teague (eds.) (1999). *The Nature of Cities: Ecocriticism and Urban Environments*. Tuscon: University of Arizona Press.

Bennett, Michael (2001). "From Wide Open Spaces to Metropolitan Places: The Urban Challenge to Ecocriticism." *ISLE*, (8): 31-52.

Bennett, Michael (2003). "From Wide Open Spaces to

Metropolitan Places: The Urban Challenge to Ecocriticism." In Michael P. Branch and Scott Slovic (eds.). *The ISLE Reader: Ecocriticism, 1993-2003*. Athens, Georgia: University of Georgia Press.

Berberich, Christine, Neil Campbell and Robert Hudson (2015). *AffectiveLandscapes in Literature, Art and Everyday Life: Memory, Place and the Senses*. Surrey: Ashgate Publishing Limited.

Berman, Morris (1981). *The Reenchantment of the World*. Ithaca, London: Cornell University Press.

Berry, Wendell (1972). *A Continuous Harmony: Essays Cultural and Agricultural*. San Diego, CA: Harcourt.

Biskas, Marios (2019). *Shedding New Light on Nostalgia: The Origins, Consequences and Buffering Capacity of Nostalgia*. Ph. D. diss., University of Southampton.

Bladow, Kyle and Jennifer Ladino (eds.) (2018). *Affective Ecocriticism: Emotion, Embodiment, Environment*. Lincoln: University of Nebraska Press.

Bookchin, Murray (1994). *Which Way for the Ecology Movement?*. San Francisco: AK Press.

Boym, Svetlana(2008). *The Future of Nostalgia*. New York: Basic Books.

Branch, Michael P., Rochelle Johnson, Daniel Patterson

and Scott Slovic (eds.) (1998). *Reading the Earth: New Directions in the Study of Literature and Environmental.* Moscow, Idaho: University of Idaho Press.

Branch, Michael P. and Scott Slovic (eds.) (2003).*The ISLE Reader: Ecocriticism, 1993-2003.* Athens: University of Georgia Press.

Brandt, Stefan L., Winfried Fluck and Frank Mehring (eds.) (2010). *Transcultural Spaces: Challenges of Urbanity, Ecology, and the Environment.* Real: Yearbook of Research in English and American Literature, (26): 3-20.

Bryson, J.Scott (ed.) (2002). *Ecopoetry: A Critical Introduction.* Salt Lake City: The University of Utah Press.

Bryson, J. Scott (2005). *The West Side of Any Mountain: Place, Space, and Ecopoetry.* Iowa: University of Iowa Press.

Buell, Lawrence (1995). *The Environmental Imagination, Thoreau, Nature Writing, and the Formation of American Culture.* Cambridge, Massachusetts: The Belknap Press of Harvard University Press.

——(2001). *Writing for an Endangered World: Literature, Culture, and Environment in the U.S. and Beyond.* Cambridge, Massachusetts: The Belknap Press of Harvard University Press.

——(2005).*The Future of Environmental Criticism: Environmental Crisis and Literary Imagination.* Malden:

Blackwell Publishing.

——(2010). "Nature and City: Antithesis or Symbiosis?". In Stefan L. Brandt, Winfried Fluck and Frank Mehring (eds.), *Transcultural Spaces: Challenges of Urbanity, Ecology, and the Environment*. Real: Yearbook of Research in English and American Literature, (26): 3-20.

——(2011). "Foreword". In Stephanie Le Menager, Teresa Shewry and Ken Hiltner (eds.), *Environmental Criticism for the Twenty-first Century*. New York: Routledge.

De la Cadena, Marisol (2015). *Earth Beings, Ecologies of Practice Across Andean Worlds*. Durham and London: Duke University Press.

Carson, Rachel (1962). *Silent Spring*. Boston: Houghton Mifflin.

Clark, Timothy (2015). *Ecocriticism on the Edge.* London: Bloomsbury Publishing Plc.

——(2019). *The Value of Ecocriticism*. Cambridge: Cambridge University Press.

Coupe, Laurence (ed.) (2000). *The Green Studies Reader: From Romanticism to Ecocriticism*. London, New York: Routledge.

Cronon, William (1996). "The Trouble with Wilderness: Or, Getting Back to the Wrong Nature," *Environmental History*,

(1): 7-28.

Davis, Fred (1979). *Yearning for Yesterday: A Sociology of Nostalgia*. New York: Free Press.

Davidson, Tonya K., Ondine Park and Rob Shields (eds.) (2011). *Ecologies of Affect: Placing Nostalgia, Desire, and Hope*. Waterloo: Wilfrid Laurier University Press.

Dwyer, Jim (2010). *Where the Wild Books Are: A Field Guide to Ecofiction*. Reno: University of Nevada Press.

Elder, John (ed.) (1996). *American Nature Writers*. New York: Charles Scribners Sons.

Elder, John (2002). "Foreword". In J. Scott Bryson and John Elder (eds.). *Ecopoetry, A Critical Introduction*. Salt Lake City: The University of Utah Press.

Estes, Heide (2017). *Anglo-Saxon Literary Landscapes: Ecotheory and the Environmental Imagination*. Amsterdam: Amsterdam University Press.

Estok,Simon (2009). "Theorizing in a Space of Ambivalent Openness: Ecocriticism and Ecophobia." *Interdisciplinary Studies in Literature and Environment*, 16 (2): 203-225.

Fisher-Wirth, Ann, and Laura-Gray Street (eds.) (2013). *The Ecopoetry Anthology*. San Antonio: Trinity University Press.

Fromm, Erich (1956). *The Art of Loving*. New York: Harper & Row, Pub.

――(1968). *The Revolution of Hope: Toward a Humanized Technology.* New York: Harper & Row, Pub.

　　――(1976). *To Have or to Be?.* New York: Harper & Row, Pub.

　　Garrad, Gred (2004). *Ecocriticism.* Abingdon: Routledge.

　　Gersdorf, Catrin (2016). "Urban Ecologies: An Introduction." *Ecozon@*, 7 (2): 1-9.

　　Glenn, Albrecht (2006). "Environmental Distress as Solastalgia." *Alternatives* 32 (4/5): 34-35.

　　Glenn, Albrecht (2010). "Solastalgia and the Creation of New Ways of Living." in *Nature and Culture: Rebuilding Lost Connections, Pretty*, J. and Pilgrim S. (eds). London: Earthscan, pp. 217-234.

　　Glenn, Albrecht., Sartore, G., et al. (2007). "Solastalgia: The Distress Caused by Environmental Change." *Australasian Psychiatry*, 15 (1), 95-98.

　　Glenn, Albrecht., Higginbotham, N., Connor, L., & Freeman, S. (2008). "Social and Cultural Perspectives on Eco-Health." in *International Encyclopedia of Public Health*, K. Heggenhougen and S. Quah (eds). San Diego: Academic Press, 57-63.

　　Ghosh, Amitav (2016). *The Great Derangement: Climate Change and the Unthinkable.* Chicago, London: The University of Chicago Press.

Guattari, Félix (2014). *The Three Ecologies*. London, New York: Bloomsbury Academic.

Hamilton, Clive, Christophe Bonneuil and François Gemenne (eds.) (2015). *The Anthropocene and the Global Environmental Crisis: Rethinking Modernity in a New Epoch*. New York: Routledge.

Hediger, Ryan (2018). "Uncanny Homesickness and WarLoss of Affect, Loss of Place, and Reworlding in Redeployment." In Kyle Bladow and Jennifer Ladino (eds.). *Affective Ecocriticism: Emotion, Embodiment, Environment*. Lincoln: University of Nebraska Press.

Heise, Ursula K. (2008). *Sense of Place and Sense of Planet: The Environmental Imagination of the Global*. Oxford: Oxford University Press.

——(2016). *Terraforming for Urbanists*. Novel: A Forum on Fiction, 49 (1): 10-25.

Heise, Ursula K., Jon Christensen and Michelle Niemann (eds.) (2017). *The Routledge Companion to the Environmental Humanities*. Abingdon, Oxon; New York: Routledge.

Hofer, Johannes (1934). "Medical Dissertation on Nostalgia by Johannes Hofer, 1688." Translated by Carolyn Riser Anspach, *Bulletin of the Institute of the History of Medicine*, 2 (6): 376-391.

Hofricher, Richard (ed.) (2000). *Reclaiming the Environmental Debate: The Politics of Health in a Toxic Culture*. Cambridge, MA: MIT Press.

Houser, Heather (2016). *Ecosickness in Contemporary U.S. Fiction: Environment and Affect*. New York: Columbia University Press.

Ingram, Annie Merrill, Ian Marshall, Daniel J. Philippon, and Adam W. Sweeting (eds.) (2007). *Coming into Contact, Explorations in Ecocritical Theory and Practice*. Athens, Georgia: The University of Georgia Press.

Iovino, Serenella and Serpil Oppermann (eds.) (2014). *Material Ecocriticism*. Bloomington: Indiana University Press.

Jacobsen, Michael Hviid (2020). *Nostalgia Now: Cross-Disciplinary Perspectives on the Past in the Present*. New York: Routledge.

James, Erin (2015). *The Storyworld Accord: Econarratology and Postcolonial Narratives*. ebook. Lincoln, London: University of Nebraska Press.

Kern, Robert (2000). "Ecocriticism—What is it Good for?." *Interdisciplinary Studies in Literature and Environment*, 7 (1): 9-32.

Ladino, Jennifer. *Reclaiming Nostalgia: Longing for Nature in American Literature*. Charlottesville: University of

Virginia Press, 2012.

Love, Glen A. (2003). *Practical Ecocriticism: Literature, Biology, and the Environment*. Charlottesville: University of Virginia Press.

Lyon, Thomas J. (1996). A Taxonomy of Nature Writing. In C. Glotfelty and H. Fromm (eds.). *The Ecocriticism Reader: Landmarks in Literary Ecology*. Georgia: The University of Georgia Press.

——(2001). *This Incomparable Land: A Guide to American Nature Writing*. Minneapolis: Milkweed.

Major, William H. (2011). *Grounded Vision: New Agrarianism and the Academy*. Tuscaloosa: The University Alabama Press.

Martinez-Alier, Joan (2002). *The Environmentalism of the Poor: A Study of Ecological Conflicts and Valuation*. Cheltenham: Elgar.

Marx, Leo (1964). *The Machine in the Garden: Technology and the Pastoral Ideal in America*. New York: Oxford University Press.

Masumoto, David Mas (1995). *Epitaph for a Peach: Four Seasons on My Family Farm*. San Francisco, Calif: Harper San Francisco.

—— (1999). *Harvest Son: Planting Roots in American*

Soil. New York, London: W. W. Norton & Company.

——(2004). *Four Seasons in Five Senses: Things Worth Savoring*. New York: W.W. Norton.

Masumoto, David Mas and Nikiko Masumoto (2016). *Changing Season: A Father, a Daughter and A Family Farm*. Berkeley: Heyday.

Meeker, Joseph W. (1974). *The Comedy of Survival: Studies in Literary Ecology*. New York: Charles Scribner's Sons.

Moore, Jason (2015). *Capitalism in the Web of Life: Ecology and the Accumulation of Capital*. London: Verso.

Moore, Jason (ed) (2016). *Anthropocene or Captialocene: Nature, History, and the Crisis of Capitalism*. Oakland: PM Press.

Murphy, Patrick D. (2000). *Farther Afield in the Study of Nature-Oriented Literature*. Charlottesville: UP of Virginia.

Naess, Arne (1995). "*The Deep Ecology Movement: Some Philosophical Aspects.*" In Geroge Sessions (ed.). *Deep Ecology for the 21st Century*. Boston, London: Shambhala Publications Inc.

Nash, R. F. (1989). *The Rights of Nature: A History of Envir-onmental Ethics*. Madison: The University of Wisconsin Press.

Nixon, Rob (2005). "Environmentalism and Postcolonialism."

In Ania Loomba (eds.). *Postcolonial Studies and Beyond.* Durham: Duke University Press.

Nixon, Rob (2011). *Slow Violence and the Environmentalism of the Poor.* Cambridge, Mass.: Harvard University Press.

Nye, David E. and Sarah Elkind (eds.) (2014). *The Anti-Landscape.* Amsterdam, New York: Rodopi.

O'Connell, N. (1996). "Contemporary Ecofiction." In John Elder (ed.). *American Nature Writers.* New York: Charles Scribners Sons.

Oppermann, Serpil, Ufuk Özdağ, Nevin Özkan and Scott Slovic (eds.) (2011). *The Future of Ecocriticism: New Horizons.* Newcastle Upon Tyne: Cambridge Scholars Pub.

Oppermann, Serpil and Serenella Iovino (eds.) (2017). *Environmental Humanities: Voices from the Anthropocene.* London: Rowman & Littlefield International.

Ottum, Lisa and Seth T. Reno (eds.) (2016). *Wordsworth and the Green Romantics: Affect and Ecology in the Nineteenth Century.* Durham: University of New Hampshire Press.

Özdemirci, Ekin Gündüz, and Salam Monani (2016). "Eco-nostalgia in Popular Turkish Cinema." In Stephen Rust, Salma Monaniand Sean Cubitt (eds.). *Ecomedia: Key Issues.* New York: Routledge: Earthscan Series.

Pahk, Sang-hyoun (2019). "Eating in an Uncertain World:

An Essay on the Exclusions and Erasures of Local Food." Ph.D. diss. University of Hawaii at Manoa.

Pawelek,Lukasz D (2015). "The Role of Nostalgia in The Literature of the Caribbean Diasporas-Linking Memory, Globalization and Homemaking." Ph.D. diss. Wayne State University.

Robertson, Roland and Jan Aart Scholte (eds.) (2007). *Encyclopedia of Globalization*. New York: Routledge.

Robins, Kevin (2000). "Encountering Globalization." in David Held and Anthony McGrew(eds.). *The Global Transformations Reader: An Introduction to the Globalization Debate*. Cambridge: Polity Press.

Routledge, Clay (2016). *Nostalgia: A Psychological Resource*. New York: Routledge.

Sanders, Scott Russell (1993). *Staying Put: Making a Home in a Restless World*. Boston: Beacon Press.

Sanders, Scott Russell (1993). Staying Put: Making a Home in a Restless World. Boston: Beacon Press.

——(2009). A Conservationist Manifesto. Bloomington: Indiana University Press.

——(2012). Earth Works: Selected Essays. Bloomington: Indiana University Press.

——(2020). The Way of Imagination: Essays. Berkeley,

California: Counterpoint.

Santesso, Aaron (2006). *A Careful Longing: The Poetics and Problems of Nostalgia*. Newark: University of Delaware Press.

Scary, Elaine(2001). *Dreaming by the Book*. Princeton, NJ: Princeton University Press.

Schliephake,Christopher (2015).*Urban Ecologies: City Space, Material Agency, and Environmental Politics in Contemporary Culture* (ebook). Lanham, Maryland: Lexington Books.

Sedikides, Constantine, Tim Wildschut, Jamie Arndt and Clay Routledge (2008). "Nostalgia: Past, Present, and Future." *Current Directions in Psychological Science*, 17: 304–307.

Sessions, George (ed.)(1995). *Deep Ecology for the 21st Century: Readings on the Philosophy and Practice of the New Environmentalism*. Boston, London: Shambhala Publications Inc.

Shoptaw, John (2016). "Why Ecopoetry?." *Poetry Foundation*, 207 (4): 395-408.

Slovic, Scott (1992). *Seeking Awareness in American Nature Writing*. Salt Lake City: University of Utah Press.

——(2008). *Going Away to Think: Engagement, Retreat, and Ecocritical Responsibility*. Reno: University of Nevada Press.

——(2010). "The Third Wave of Ecocriticism: North American Reflections on the Current Phase of the Discipline." *Ecozone@:European Journal of Literature, Culture and Environment*, 1(1).

——(2012). "Editor's Note." *Interdisciplinary Studies in Literature and Environment*, 19 (4), p.619.

——(2014). "Varieties of Environmental Nostalgia." in Francoise Besson (ed.) *The Memory of Nature inAboriginal, Canadian and American Contexts*. Newcastle upon Tyne: Cambridge Scholars Publishing.

——(2017). "Literature." In Willis J. Jenkins, Mary Evelyn Tucker and John Grim (eds.). *Routledge Handbook of Religion and Ecology* London: Taylor and Francis, pp.360-361.

——(2017). "Seasick among the Waves of Ecocriticism: An Inquiry into Alternative Historiographic Metaphors." In Serpil Oppermann and Serenella Iovino (eds.). *Environmental Humanities: Voices from the Anthropocene*. London: Rowman & Littlefield International, pp. 106-107.

Slovic, Scott and Paul Slovic(eds.) (2015). *Numbers and Nerves: Information, Emotion, and Meaning in a World of Data*. Corvallis, Oregon: Oregon State University Press.

Smith, Tiffany Watt (2015). *The Book of Human Emotions*. London: Profile Books.

Su, John J. (2005).*Ethics and Nostalgia in the Contemporary Novel*. New York: Cambridge University Press.

Sullivan, Heather I. and Dana Phillips (2012). *Material Ecocriticism: Dirt, Waste, Bodies, Food, and Other Matter*, 19 (3): 445-447.

Teague, David W. and Michael Bennett (eds.) (1999). *The Nature of Cities: Ecocriticism and Urban Environments*. Tucson: University of Arizona Press.

Thomashow, Mitchell (2002). *Bringing the Biosphere Home, Learning to Perceive Global Environmental Change*. London, England, Cambridge, Massachusetts: The MIT Press.

Thornber, Karen Laura (2012). *Ecoambiguity: Environmental Crises and East Asian Literatures*. Ann Arbor: University of Michigan Press.

Tuan, Yi-Fu (1971). *Man and Nature*. Association of American Geographers. Commission on College Geography, Washington, D.C. 20009. Resource Paper no.10.

——(1974). *Topophilia: A Study of Environmental Perception, Attitudes, and Values*. Englewood Cliffs, N.J.: Prentice-Hall.

——(1977).*Space and Place: The Perspective of Experience*. Minneapolis: University of Minnesota Press.

Tuana, Nancy (2008). "Viscous Porosity: Witnessing

Katrina." In Stacy Alaimo & Susan Hekman (eds.). *Material Feminism* (pp.188-213). Bloomington, Indianapolis: Indiana University Press.

Tuckey, Melissa (ed.)(2018). *Ghost Fishing: An Eco-Justice Poetry Anthology*. Athens: University of Georgia Press.

Voie, Christian Hummelsund (2017). "Nature Writing of the Anthropocene." Ph.D. diss. Mid Sweden University.

Waldo, Amanda Evelyn (2015). "The Ethical Consumer: Narratives of Social and Environmental Change in Contemporary American Literature." Ph.D. diss., University of California, Los Angeles.

Walter, Eugene Victor (1988). *Placeways: A Theory of the Human Environment*. Chapel Hill: University of North Carolina Press.

Weik Von Mossner, Alexa (2017). *Affective Ecologies: Empathy, Emotion, and Environmental Narrative*. Columbus: The Ohio State University Press.

Williams, Raymond (1973). *The Country and The City*. London: Oxford University Press.

——(1983). *Socialism and Ecology*. London: Socialist Environment and Resources Association.

Williams, Terry Tempest (1992). *Refuge: An Unnatural History of Family and Place*. New York: Vintage Books.

—— (2009). *Finding Beauty in a Broken World*. New York: Vintage Books.

Woynarski, Lisa (2020). *Ecodramaturgies:Theatre, Performance and Climate Change*. London: Palgrave Macmillan.

Zapf, Hubert (2016). *Literature as Cultural Ecology: Sustainable Texts*. London, New York: Bloomsbury Academic.

Zapf, Hubert (ed.) (2016). *Handbook of Ecocriticism and Cultural Ecology*. Berlin: De Gruter.

中文文献

［挪威］阿恩·纳斯（2020）.生态、社区与生活方式：生态智慧纲要.曹荣湘译.北京：商务印书馆.

［美］阿诺德·伯林特（2006）.生活在景观中——走向一种环境美学.陈盼译.长沙：湖南科学技术出版社.

［美］埃瑞克·弗洛姆（1988）.占有还是生存：一个新社会的精神基础.关山译.北京：生活·读书·新知三联书店.

［爱］安·布蒂默（2019）.地理学与人文精神.左迪、孔翔、李亚婷译.北京：北京师范大学出版社.

［法］安德烈·高兹（2018）.资本主义、社会主义、生态：迷失与方向.彭姝祎译.北京：商务印书馆.

［英］彼得·阿迪（2020）.移动性.戴特奇译.北京：北京师范大学出版社.

［美］比尔·麦克基本（2000）.自然的终结.孙晓春、马树林译.长春：吉林人民出版社.

蔡璧名（2018）.正是时候读庄子：庄子的姿势、意识与感情.北京：中信出版集团.

蔡振兴主编（2013）.生态文学概论.台北：书林出版有限公司.

程虹（2001）.寻归荒野.北京：生活·读书·新知三联书店.

——（2009）.宁静无价：英美自然文学散论.上海：上海人民出版社.

——（2013）.自然之声与人类心声的共鸣—论自然文学中的声景.外国文学（4）：30-35.

——（2018）.美国自然文学三十讲(增订版).北京：外语教学与研究出版社.

［美］丹尼尔·A·科尔曼（2005）.生态政治：建设一个绿色社会.梅俊杰译.上海：上海世纪出版集团.

［美］大卫·增本（2011）.最后一位农场主人的生命智慧.何桂芬译.台北：乐果文化事业有限公司.

［美］迪恩·弗洛伊登博格C.（2011）."后现代世界中的农业"，载于大卫·雷·格里芬编.后现代精神.王成兵译.北京：中央编译出版社.

［美］段义孚（1997）.经验透视中的地方与空间.潘桂城译.台湾：国立编译馆出版.

——（2018）.恋地情结：对环境感知、态度与价值.北京：商务印书馆.

——（2020）.人文主义地理学：对于意义的个体追寻.宋秀葵、陈金凤、张盼盼译.上海：上海译文出版社.

——（2021）.浪漫地理学：追寻崇高景观.陆小璇译.南京：译林出版社.

［日］福冈正信（1987）.自然农法——绿色哲学的理论与实践.哈尔滨：黑龙江人民出版社.

［德］弗里德里希·荷尔德林（1999）.荷尔德林文集.戴晖译.北京：商务印书馆.

顾克礼编（2016）.自然农法.北京：中国环境出版社.

哈佛燕京学社编（2005）.启蒙的反思.南京：江苏教育出版社.

［美］赫伯特·马尔库塞等著（1982）.工业社会和新左派.北京：商务印书馆.

［美］亨利·戴维·梭罗（1982）.瓦尔登湖.徐迟译.上海：上海译文出版社.

［美］霍尔姆斯·罗尔斯顿（2000）.哲学走向荒野.刘耳等译.长春：吉林人民出版社.

［英］基思·托马斯（2008）.人类与自然世界.宋丽丽译.南京：译林出版社.

［美］卡洛琳·麦茜特（1999）.自然之死：妇女、生态和科学革命.吴国盛等译.长春：吉林人民出版.

［美］柯克帕特里克·塞尔（2020）.大地上的栖息者：生物区域构想.李健译.北京：商务印书馆.

［加］科林·埃拉德（2015）.此心安处：日常生活中的心理地理学.赵凯、张慧君、茅佳惠译.南京：江苏教育出版社.

［英］雷蒙·威廉姆斯（2005）.关键词——文化与社会的词汇.刘建基译.北京：生活·读书·新知三联书店.

［美］利奥·马克斯（2011）.花园里的机器：美国的技术与田园理想.北京：北京大学出版社.

梁茂信（2002）.都市化时代——20世纪美国人口流动与城市社会问题.长春：东北师范大学出版社.

刘海霞、于恬（2020）.群体正义视角下环境正义的核心议题及现实意义.鄱阳湖学刊，（6）：67-75+126.

［美］刘易斯·芒福德（2009）.技术与文明.陈允明、王克仁、李华山译.北京：中国建筑工业出版社.

鲁枢元（2000）.生态文艺学.西安：陕西人民教育出版社.

——（2006）.生态批评的空间.上海：华东师范大学出版社.

——（2010）.汉字"风"的语义场与中国古代生态文化精神.中国英汉语比较研究会第九次全国学术讨论会暨英汉语比较与翻译研究国际学术研讨会（2010-11-06）.

鲁枢元主编（2006）.自然与人文——生态批评学术资源库.上、下册.上海：学林出版社.

［美］罗伯特·伍斯诺（2021）．留守者：美国乡村的衰落与愤怒．卢屹译．上海：东方出版中心．

马军红（2013）．工业时代的城市与乡村：三位英国作家的生态视角研究．北京：华夏出版社．

［美］迈克尔·波伦（2005）．植物的欲望：植物眼中的世界．上海：上海世纪出版集团．

［美］梅欧（1964）．工业文明的社会问题．费孝通译．北京：商务印书馆．

［美］默里·布克钦（1982）．生态学与革命思潮．香港：红黑丛书社．

［美］尼尔·史密斯（2021）．不平衡发展：自然、资本与空间的生产．刘怀玉、付清松译．北京：商务印书馆．

［德］尼克拉斯·鲁曼（2001）．生态沟通——现代社会能应付生态危害吗?．汤志杰、鲁贵显译．台北：桂冠图书股份有限公司．

宁梅（2010）．加里·斯奈德的"地方"思想研究．南京大学博士论文．

［美］欧·奥尔特曼、马·切默斯（1991）．文化与环境．骆林生、王静译．北京：东方出版社．

钱乘旦（1988）．第一个工业化社会．成都：四川人民出版社．

［美］乔纳森·特纳、简·斯戴兹（2007）．情感社会学．陈俊才、文军译．上海：上海人民出版社．

［法］塞尔日·莫斯科维奇（2005）.还自然之魅——对生态运动的思考.庄晨燕、邱寅晨译.于硕校.北京：生活·读书·新知三联书店.

［美］桑德拉·斯坦格雷伯（2004）.十月怀胎：一个生态学家成为母亲的历程.华仲乐译.上海：上海译文出版社.

——（2014）.生活在下游：一位生态学家对癌与环境关系的实地考察.张树学、黄淑凤译.北京：北京大学出版社.

生安峰（2009）.人文关切与生态批评的"第二波"浪潮：劳伦斯·布依尔教授访谈录.外国文学研究，(3)：1-10.

［美］司各特·斯洛维克（2010）.走出去思考：入世：出世及生态批评的职责.韦清琦译.北京：北京大学出版社.

［美］斯维特兰娜·博伊姆（2010）.怀旧的未来.杨德友译.南京：译林出版社.

宋丽丽（2005）.文学生态学建构——生态批评的思考.北京语言大学博士论文。

谭琼琳、邓瑛瑛（2018）.《心灵的慰藉》：记忆的复调性与风景的多维性.外国文学研究，40（1）：47-60.

［美］特丽·威廉斯（2010）.心灵的慰藉：一部非同寻常的地域与家族史.程虹译.北京：生活·读书·新知三联书店.

［德］U.梅勒·文柯（2004）.生态现象学.柯小刚译.世界哲学，(4):82-91.

王宁（2005）.文学的环境伦理学：生态批评的意义.外国文学研究，(1)：18-20.

——（2009）.生态批评与文学的生态环境伦理学建构.上海交通大学学报（哲学社会科学版），(3)：5-12.

——（2009）.颠覆西方二元对立思维：建构生态环境伦理学.理论学刊，(6)：105-107.

——（2010）.生态文明与人类的可持续发展.跨文化对话，(26)：81-89.

——（2020）.当代生态批评的动物转向.外国文学研究，（1）：34-41.

王宁编（2001）.新文学史.北京：清华大学出版社.

——（2004）.文学理论前沿：第一辑.北京：北京大学出版社.

——（2009）.文学理论前沿：第六辑.北京：北京大学出版社.

——（2020）.文学理论前沿：第二十二辑.北京：社会科学文献出版社.

王诺（2007）.生态与心态：当代欧美文学研究.南京：南京大学出版社.

——（2008）.欧美生态批评.上海：学林出版社.

汪民安主编（2007）.文化研究关键词.南京：江苏人民出版社.

［加］威廉·莱斯（2007）.自然的控制.岳长岭、李建

华译.重庆：重庆出版社.

韦清琦、袁霞（2008）.生态批评：定义、发展趋向及在中国的接受.译林，(1)：218-220.

［德］乌尔里希·贝克（2018）.风险社会：新的现代性之路.张文杰、何博闻译.南京：译林出版社.

［加］西蒙·埃斯托克（2017）."在矛盾的开放性空间构筑理论：生态批评及生态恐惧"、马军红译.文学理论前沿，2017（1）：1-16.

［法］西蒙娜·薇依（2003）.重负与神恩.顾嘉琛、杜小真译.北京：中国人民大学出版社.

阎建华（2009）.当代美国生态诗歌的"审丑"转向.当代外国文学，(3)：103-111.

杨平（2007）.环境美学的谱系.南京：南京出版社.

叶浩生、曾红（2013）.镜像神经元、具身模拟与心智阅读.南京师大学报(社会科学版)(4):97-104.

［美］约翰·贝拉米·福斯特（2006）.生态危机与资本主义.耿建新、宋兴无译.上海：上海译文出版社.

［美］詹姆斯·马克·鲍德温（2018）.认知·情感·意志.李艳会译.北京：北京邮电大学出版社.

赵白生（2002）.生态主义：人文主义的终结？.文艺研究，(5):17-23.

赵静蓉（2009）.怀旧：永恒的文化乡愁.北京：商务印书馆.

赵一凡、张中载、李德恩主编（2006）.西方文论关键词.北京：外语教学与研究出版社.

［英］朱利安·沃尔弗雷斯编著（2009）.21世纪批评述介.张琼、张冲译.南京：南京大学出版社.

网络文献

Poetics: Ecopoetry. https://dversepoets.com/2016/01/26/poetics-ecopoetry/.

Scott Russell Sanders. http://www.scottrussellsanders.com/biography.html.

国际节能环保网."覆盖作物——土壤和环境的守护者". huanbao.in-en.com/html/huanbao-2311474.shtml.

致　谢

　　本书最初的思考缘起于2008年与生态批评学者司各特·斯洛维克教授（Scott Slovic）的交流。非常感谢斯洛维克教授的宝贵建议！他当时向我推荐了当代美国生态作家大卫·增本和司各特·桑德斯。可惜囿于资料不全，无法即刻开展研究，我又一时无法出国查找资料，只好改选了其他题目做博士论文。后来终于托同学何卫华帮我寻到增本的《桃树挽歌》和桑德斯的《扎根脚下》，之后便在毕业后陆陆续续开始了对增本和桑德斯的阅读。感谢何卫华的热心帮助，我才能那么早就读到这些作品。后来我又读了特丽·威廉斯的作品，并经斯洛维克教授介绍，见到这位女作家，聆听她讲述的故事。她讲述的大盐湖与母亲的故事，让我想到了我的父亲，想到他在新疆戈壁滩行医的日子，他教导我读书和每年夏天带我去葡萄沟摘葡萄的时光，他生病临去时羸弱痛苦的样子。

　　三位作家作品中那种浓浓的怀旧情绪触动了我，让我想起了我的童年，在吐鲁番的那个小镇上尽享瓜果的时光，想起了跟随父亲转业回到他的故乡，又辗转随兄长来到北京的经历。记忆中那糖心苹果、库尔勒香梨、马奶子葡萄、无核白葡萄与哈密瓜的香甜,是如此深刻,挥之不去,可长大后似乎再也没吃到过那些镌刻在记忆中的美味。记得2010年在波士顿与师妹一起到当地的集市(Haymarket)买菜,当地农民种的苹果看上去没那么漂亮,大小不一,色泽也没那么粉嫩,可一吃到口中我们说的第一句话是"这苹果真有苹果味",味觉一下被拉回到了童年,我们不禁感慨万分。这也是在读到增本《桃树挽歌》序言中所写的"Ah, this is a peach!"时所产生的强烈共鸣。在如今这个现代化、城市化和充满流动性的时代,乡愁似乎是一种难以言喻的情感。当你勇往直前,不断地流动着,不去在意曾经的故乡,抑或在忙碌中忘却故乡、忘却童年风景的时候,它却总会在不经意间闯入你的世界,拨动你的心弦,重新点燃你甜蜜的、痛楚的情绪,让你放慢脚步去反思。断断续续地阅读,断断续续地记录自己的感受。所以本书既是一个学术思考,也是个体经验对此的共鸣。

衷心感谢导师王宁教授,在我毕业后也一直关心和帮助我,在学术研究上给予我建议,鼓励我做自己喜欢的研究。导师严谨求实的治学态度、孜孜不倦和笔耕不辍的学术精神深深地影响了我。每当怠惰时,想到老师的勤奋,我总能受到鼓舞,继续前行。此外,非常感谢清华大学的陈永国教授在繁忙的工作之余对我的点拨。与老师交流使我受益良多。两位老师对我选题的肯定,鼓励了我对这个话题的研究。尽管时间有限,本书写得不够完善,还有许多可增益改进之处，但能够开始这个题目的写作，收获还是很大。

衷心感谢哈佛大学的唐丽园教授（Karen Thornber）的指导和帮助。大约十年前，我去哈佛开会时，就有幸向她请教。那时尹星师妹带我去参加达姆罗什（David Damrosch）教授家举办的春假前的晚宴，我得以初见唐丽园教授。她平易近人、爽朗明快的样子给我留下了深刻印象。后来写邮件向她请教，她详细回复了我的问题，并给了我很好的建议和一个较长的推荐阅读书单。2019年我有幸到哈佛访学，跟随唐丽园教授学习。我在她的课上学到很多——教学方法、研究方法、作为学者对社会和世界的关爱和责任感。她的课开启了我的新研究兴趣，触动了我对人生的一些新思考。

同时，感谢大卫·达姆罗什教授、霍米·巴巴教授（Homi Bhabha）、维若娜·康利教授（Verena Conley），我在他们的课上也收获良多。

再次感谢斯洛维克教授，他担心疫情期间我在美没有朋友会感到孤独，多次发邮件问候关怀！感谢美国明德大学蒙特雷国际研究学院的叶子南教授！他和蔼可亲，与我一起讨论《桃树挽歌》序言的翻译，给我很多好的修改建议。人生路上能见到如此多的名师，并得到他们的指导，实在是一件幸运的事情！

感谢国家留学基金委给我提供了这样一个宝贵的访学

机会，人到中年还能有机会再次坐到教室里，做一名学生，聆听大师的课，能在资料丰富的哈佛大学图书馆查阅资料和学习。尽管因为新冠疫情，学习只进行了一半便中断了，但那依然是一个全新的体验。

　　感谢我的父母和兄长一直以来对我的关爱和鼓励！特别是感谢我爱人在我身体不适时对我的照顾，使我坚持完成了本书的写作。感谢好友陈颖飞在我最困顿彷徨时对我的支持和陪伴！感谢学生王倩和庞雅蕾对本书文字和脚注信息的检校！

　　感谢华夏出版社的编辑马涛红为我的著作所做的精心编辑与出版工作！与涛红合作两次，每一次她都认真阅读了我的稿件，做了细致的批注，并就相关主题与我讨论，可以看出她对相关问题的思考和关注。涛红是一个非常棒的具有人文精神的编辑，期待与她的再次合作！

后 记

怀旧是一种本能。与桑德斯一样，我似乎也在不断漂泊着。新疆的大河沿小镇、太原、广州、北京，最终留在了北京。在新疆待了十二年，山西待了十四年，广州待了两年，北京住了十五年，哪里是我的故乡呢？虽然在北京有家，可又总觉得有些无根之感，特别是父亲去世之后，我更不知道家在哪。每逢春节，看着同学、朋友买火车票或飞机票，带着大包小包地回家，我都有些唏嘘。我要去哪里呢？留守北京还是出去游玩？

在这众多的居所之中，我最怀念的是那偏远的新疆小镇，时常逡巡在那快乐的记忆里。离开新疆三十多年，再未回去。年少时曾极度地渴望返疆，囿于各种原因，没能回去；长大了有经济能力、有时间旧地重游，却总是犹豫、迟迟没有启程。因为我知道记忆中的小镇不在了，记忆中的那些快乐也不在了，回去也枉然，只是徒然打破美好，不如让它生动地活在我的记忆中，成为人生困顿之时的一片净土与静地。儿时，在戈壁滩的小镇上，每逢狂风大作、黄沙漫天的日子，总是艳羡书中所描写的江南烟雨，期待什么时候我能离开这个鬼地方，到诗人笔下那旖旎的江南去。可等到真正离开了,却开始无比怀恋,意识到新疆的景色是丰盈的。黄沙漫天是一种景,光秃秃的戈壁滩是一种景,长满沉甸甸的果实的葡萄沟、远望到的蓝蓝天山、公路两旁的红柳,都是景。不同的景,不同的体验。

小时候,在部队大院的日子可算是丰富。炎炎夏日里不睡午觉,顶着烈日,在外面玩捉迷藏、跳皮筋;严寒冬日里和小朋友们一起干坏事,把大院里堆放的大白菜扒开,掏掉里面的白菜心,品尝那甜甜的滋味,然后复原白菜的样子,假装什么也没做过,一边偷偷跑掉,一边想到家长们打开白菜时的表情,就乐得一塌糊涂。新疆的严寒不用多说,连户外的水管都冻得结结实实的。小伙伴们冻得稀里哗啦的,可没一个人愿意回家,宁愿捧着个塑料暖水袋取暖,不断地跺着脚活动着,也要坐冰车滑冰、打雪仗、在严寒的石乒乓球台上打乒乓球,玩得不亦乐乎。不止游戏,就连读书的日子,也是我一生中最开心快乐的读书生涯。少年的我,像海绵一样,不知满足地汲取知识,沉浸在书的海洋之中。夏日里,还不等部队大院的号角声响起,就搬起小板凳坐在院子里大声朗读《古文观止》,印象最深的是读刘禹锡的《陋室铭》。隔壁的邻居和兵哥哥总被我清亮的读书声叫醒,无奈地说道,这小孩怎么这么爱读书,起得也太早了点。狂风大作的日子里可以不用上学,在家读书;月夜下,对着窗外的朗朗明月读书;有时读累了,走到院子中,仰望着满天的繁星,沉醉在那一片夜空中。

远不像今天，常常生发出困顿和怠惰，瘫在沙发上，屈从于功利性的读书。就那么些时间，工作之余的读书，多选择与自己的研究相关的，杂书或"无用之书"看得越来越少了。可什么是有用，什么是无用呢？无用之书就真的无用吗？如今的学历高了，读的书比童年时多很多，有对各种理论流派的涉猎，对文学作品的解析也深入了很多。写文学批评时，生怕自己写得太浅白，不够高深，被人耻笑。但同时又有种深深的无奈感和挫败感，因为读书时那种纯粹的阅读快感少了太多，甚至是缺失。这何尝不是一种悲哀呢？

　　沉浸在童年的回忆中，沉浸在对那一片戈壁滩的回想中，既有甜蜜的感觉，又充满了苦涩，为什么如今不能振作，不能纯粹，不能勇往直前，像孩童般汲取知识，对外界依然保有一种好奇心和热情呢？人到中年，总有些颓唐和怠惰。可这些童年的记忆，对那片大漠风景的怀旧，不断地提醒我对初心的回返、对生命本真的复归。怀旧不是一种忧郁的状态，而是一种对美好的记忆和期待。它不是一种乌托邦，要求回返过往，而是对我们的一种拨动，让我们的心不必如此麻木，不必如此怠惰，而是重新鼓起勇气追求美好和健全的生命。